怪物の町

倉井眉介

宝島社
文庫

宝島社

怪物の町

第一章

怪物が出るという公園の前でバスを降りたのは、良太《りょうた》一人だけだった。

塾帰りの午後十時過ぎ。腕時計から顔を上げると生暖かい風が頰を撫《な》でた。

バスの排気ガスではない。もうすぐ梅雨が始まるという前兆か。あるいは本当に得体のしれない何かがこの公園に潜んでいるという表れなのか。

馬鹿らしいけど、もし後者なら面白い。彼はニヤリとしてブレザーの袖をまくると、車止めポールが並ぶ公園の入り口に立った。

園名石にはあかねの森公園と彫られていた。

あかねの森公園は彼の家の近くにある大きな自然公園だ。名前の通り、とても緑豊かなところだが、外灯の数がやたらと少なく、夜は本当に真っ暗になる。

そのせいか夜のあかねの森公園はまるで本物の森であるかのような不気味な雰囲気が漂っていた。

これじゃあ、姉さんが変なことを言い出しても仕方ないな。

良太は若干緊張しつつも笑みを浮かべたまま、ポールを避けて公園の中へと踏み出した。その際、近所の空き家に友達と忍び込んでいた、小学生時代のことを思い出した。

あのときも、お化けが出るという噂《うわさ》が本当かどうか確認するために、空き家に忍び込んだのだ。結局お化けの正体は住み着いた野良猫の鳴き声のようだったが、それが確認できるまで良太は夜だろうと、一人だろうと構わず何度も忍び込んだ。昔から気になったことは確認せずにはいられない性質《たち》だったのだ。

無論、高校生になったいまはもう空き家に忍び込むようなことはしていない。ただ、受験が始まってからというもの、日曜以外はほぼ毎日塾に通うという生活を続けているため、いい加減ストレスが溜《た》まってきていた。

そんなとき、姉が夕食の席で言った。

――あかねの森公園で目玉の飛び出た怪物を見た。

言うまでもなく、どうせ姉が何かを見間違えたに決まっている。けど、目玉の飛び出たというのはどんな状態なのか。見間違えたというなら何と見間違えたのか。

鬱屈とした日々を送っていた良太はちょっとした肝試しのつもりでその怪物とやらを確認しようと思い立った。

幸い、あかねの森公園なら、塾帰りにいつもよりひとつ前のバス停で降りれば目の前だ。そのまま公園の中を通り抜けて家の近くに出ることができる。なので、軽い気分転換にはちょうどいいと考えたのだ。

だが、夜のあかねの森公園は想像以上に真っ暗で、見えるのは草木のシルエットばかり。ちょっとした肝試しというには少々怖すぎるところだった。

まるで本当に森の中をさまよっているみたいだな、と良太は思った。

入る前から予想はしていたけど、中は外観以上に森そのもの。その原因はやはりこの異様な暗さにあるように思えた。

もう五分以上、公園内に張り巡らされた歩道を歩いているが、まだ二本しか照明を見ていない。そのうえ、そのどちらの照明もなぜか妙に光が弱い。月が雲に隠れると足元さえも真っ暗で見えなくなるほどだ。

昼間はボール遊びやジョギングをしに来る町の住人たちが、夜になると途端にこの公園に近づかなくなる理由が理解できた。

こんなところ、おっかなくて来れない。

ふいに木々が騒《ざわ》めき出すと、良太もびくりとし、一瞬、携帯の照明を使おうかと考えた。

だが、この程度で明かりをつけるのは癪《しゃく》だった。

少しハードな肝試しだと思えば、これはこれで悪くない。そう思い直すと大きく深呼吸をして、そのまま前に進み続けた。

やがて右のほうに開けた場所が見えてきた。

多目的広場と呼ばれるところだ。

そこは利用者が自由に運動を楽しむことのできる芝生のグラウンドで、開けている分、月に明るく照らされていた。

その明るさに、良太は安堵《あんど》の息を吐いた、そのときだった。ふいにどこからか奇妙な音が聞こえ出した。

ごちょ。ごちょ。

意識しなければわからないほどかすかな音だったが、それは一定のリズムで確かに聞こえてくる。だいたい三、四秒おき。水分を含んだ何か大きな物が叩《たた》きつけられているような音だった。

おそらく発生源は広場を囲む雑木林の中だろう。真っ暗で何も見えないが、音は確かにそこから聞こえてきていた。

何だ？　何かの機械の音か？

最初はそう思ったが、リズムに微妙なズレがある。

なら発生源は人間か？　もしくは姉が言うところの怪物だろうか？

万が一にもその可能性があるなら、少々怖いが確かめておきたい。良太は正体不明の何かに警戒しつつも、広場へと近づいた。

多目的広場は標準的な学校の校庭くらいの広さの楕円形で、その周りを歩道が囲い、さらにその周りを雑木林が囲んでいる。なので、その歩道を一周しながら、ゆっくり雑木林の中を覗《のぞ》き込んでいけばいい。

ほとんど木のシルエットしか見えないが、動きがあればわかるだろう。何より広場に来たことで、より大きく音が聞こえる。

その音を頼りにゆっくりと歩を進めて行く。見逃さないように注意深く。慎重に。

そうして三分ほどで出発地点の反対側、半周くらいの位置まで辿《たど》り着くと、いよいよ音が近づいてきた。

良太は前かがみになり、より一層目を凝らした。すると雑木林の奥、七、八メートルのところ。ひとつの動く影を見つけた。

暗くて顔はわからないが、シルエットの形などから人間だとわかる。

腕を上げては下げを繰り返している、その影は巻き割りでもしているかのように何度も何かを振り下ろしていた。

その何かが何なのかはわからない。

おそらく棒状のもの。それを両手に持って一定のリズムで振り下ろしていく。

奇妙な音はその棒状のものが振り下ろされたときに聞こえてくるようだった。

あれは……何をしてるんだ？

よくわからない光景に首を傾《かし》げると、影の足元にも何かがあるのに気がついた。

その瞬間、良太は全身を硬直させた。

ごちょ。ごちょ。ごちょ。

影の足元に転がっているのは人間だった。横になっている状態なのでわかりづらいが、確かに人間。その人間の頭に影は棒状のものを振り下ろして……。

ごちょ。ごちょ。

行われているのは殺人だった。横たわっている人間は何度も頭を殴られている。あれだけ殴られていれば助からない。自分は殺人の現場を目撃していたのだ。

そう認識した途端、息が苦しくなり、気が遠くなった。身体がまったく動かない。

頭も回らない。すぐに逃げなければいけないことだけはわかっているのに、いまは意識を繋《つな》げておくだけでやっと。良太は歩道の上でただぼうっと突っ立っていた。

早く、逃げないと……。

影は棒状のものを振り下ろすことに没頭していて、いまはこちらに気づく様子はない。だが、少しでも意識を周りに向ければ、きっと気づく。

最悪のイメージが脳裏に浮かんだ。

ごちょ。ごちょ。

死の音を響かせていた影が良太に気づくと、こちらに向かって歩き出した。そんなイメージに、良太はいまにも叫び出しそうになった。

叫べば死ぬとわかっていても止められない。喉が勝手に、あっ、と声を漏らした。そのとき、何かが突然、後ろから良太の口をふさいだ。

「静かに。騒がないで」

良太の耳元でその声は力強く囁《ささや》いた。

反射的に振り返ろうとすると、そこには筒状のものが目から二つ飛び出したような機械の顔があった。良太は驚いてまた声を出しそうになったが、

「しっ！　声を出さないで。アイツに気づかれる」

機械の顔はさらに良太の口を強く押さえて言った。

「大丈夫。わたしは味方。変に動けばアイツに気づかれるから。ここはゆっくりしゃがんで。しゃがめば茂みがあるから。そこに隠れて逃げるよ。いいね？」

ダイジョウブ……。ミカタ……。大丈夫……味方？

数秒かかって、ようやく言葉の意味を理解し、良太は機械の顔に、うんうんと頷《うなず》いた。そして指示通り、その場にゆっくりと、しゃがみこんだ。

身体はいつの間にか動くようになっていた。頭も徐々に回り始め、機械だと思った顔が実際は暗視ゴーグルで、しかもその人物は女性であることに気がついた。つまり

良太は暗視ゴーグルをつけた女性に助けられていた。

「いい？　ゆっくりね。ゆっくり逃げるよ」

暗視ゴーグルの女性は影に視線を固定したまま、ヒソヒソ声で言った。良太はその指示に従い、中腰でその場から移動を始めた。

おそらく、その姿は傍《はた》から見て充分に目立つものであったはずだが、影はいまだ棒状の何かを振り下ろすことに夢中のようで、ばれる気配はなかった。

その隙に影が見えなくなるまで離れると、そこからは一気に広場の外へと駆け出した。

ごちょ。ごちょ。

逃げるあいだも良太の耳には背後からその音が聞こえ続けていたが、それが耳に残っているだけの音なのか、本当に聞こえてきている音なのか。そのときの良太には判別することができなかった。


十数分後、良太は公園近くのコンビニの前で俯《うつむ》いて座っていた。

少し走った程度なのに身体は異様にぐったりとしている。

一体、自分は何を見たのか？

わかってる。殺人だ。僕は人が人を殺すところを見たのだ。

そのとき脳裏にさっき見た光景が蘇《よみがえ》り、良太は身震いした。

あの「ごちょ」という音に気づいてから逃げ出すまでは、少なくも五分以上。そのあいだ音がずっと聞こえ続けていたということは、影は五分以上、人の頭部に棒状の何かを振り下ろし続けていたことになる。

淡々と機械的に。何度も、何度も。

それがどんな精神状態で行われていたものなのか。

想像しただけで、背筋が寒くなった。

確かに肝試しのつもりで公園に行ったが、あんなものを目撃するとは思っていなかった。良太は恐怖の記憶に強く目を閉じると、手に持っていたペットボトルのお茶をカラカラの喉に流し込んだ。そこへ、

「落ち着いた？」

隣に立つ女性が声をかけてきた。黒いジャージの上下に、キャップをかぶったショートカットの小柄な美人。おそらく二十歳前後で、先ほどまでつけていた暗視ゴーグルは背中のリュックにしまわれていた。

そう。彼女が先ほど公園で良太を助けた暗視ゴーグルの女性だ。そして、おそらく姉が話していた目玉の飛び出た怪物の正体だ。

どうやら飛び出た目玉とは暗視ゴーグルのことだったらしい。怪物呼ばわりしてい

た人物に助けられるとは皮肉な話だった。

「なんとか。さっきよりはだいぶ落ち着きました」

良太はコンビニの壁を支えにして立ち上がった。

「そう。よかったね。さっきまで死にそうな顔してたから心配したよ。——まあ、実際に死ぬところだったんだけどね」

彼女は声を出して笑った。

良太はそんな彼女に頭を下げる。

「あの、さっきはありがとうございました。助けていただいて」

「別にいいよ。実はあのとき、わたしも君の近くの茂みに隠れてたから。君が襲われてたら、わたしも危なかった。だから助けたってだけだからね」

「そう……だったんですか」

他にも人がいたなんてまったく気づいていなかった。そのことに驚きつつ、

「それでも助けてもらったわけですから。ありがとうございました」

良太は再度頭を下げると、ゆっくり顔を上げて尋ねる。

「えっと、それで、お名前を聞いてもいいでしょうか？　あ、僕は辻浦《つじうら》良太といいます」

助けてもらったのだから名前を聞くのは当然と思ったが、彼女はその問いに、「名

前？　ああ、そうねえ」と少し考えるようにして言った。

「悪いけど、初対面の人には名乗りたくないかな。もし、わたしのことを呼びたいなら、先輩って呼んでくれる？」

「先輩……ですか？」良太は戸惑いながら言った。

「そう。先輩。これなら咄嗟《とっさ》にわたしの名前が出てこないし、傍から見てても不自然じゃないでしょ？　だから、わたしのことは先輩と呼んで。わたしは君のこと、良太くんって呼ぶから」

「はあ……。先輩？　がそう望むならそうしますけど……」

先輩がなぜそんな要求をするのかはまったくわからなかったが、文句を言える立場でもない。良太はそのまま受け入れた。

「それより生徒手帳とかはちゃんとある？　あと財布とか定期とか」

「生徒手帳、ですか？　それが何か……？」

「いや、落としてたら大変でしょ？　さっきは何とか逃げられたけど、もし身分証か何かを落としてて、それをさっきのアイツに拾われたら……」

言われて、良太は血の気が引いた。さっきの人殺しに住所を知られるなんて恐ろしすぎる。慌ててポケットや鞄《かばん》の中を探し始めた。

だが、生徒手帳はすぐに見つかり、財布も定期もすべての所在を確認できた。

そのことに良太が、ほっと息を吐くと、先輩はその隙に良太の手から生徒手帳を奪い取った。驚く良太に、それを広げて読み上げる。

「何々？　辻浦良太。十七歳。緑坂《みどりざか》高校の三年生ね。——あれ？　緑坂って確か、この辺でいちばん頭のいい学校だよね？」

「そうですけど……あの……」

「へえ。じゃあ、良太くんは頭いいんだ」

先輩は戸惑う良太を無視して感心したように言った。

「で、住所はあかね区あかね町２１１２ね。——ん？　あかね町２１１２ってことは三月に引っ越してきた辻浦家かな？」

良太は驚きに大きく目を見開いた。

「そうですけど……どうしてそれを……」

「わたしはこのあたりの人の出入りを全部チェックしてるから。新しい人が来たらわかるのよ」

先輩は得意気に語ったが、良太は困惑した。チェックしているとはどういう意味だろうか？

「でも、そっか。引っ越して来たばかりか。だから平然と夜の公園なんか歩いてたんだね」

先輩はよくわからない納得をして良太に生徒手帳を返した。

「でも、それなら、あの広場を歩いてたのはどうして？　家に帰るのに公園を通り抜けることはあるかもしれないけど、あの広場に寄り道する必要はないでしょ？」

「いや、それは……」

くだらない理由で恥ずかしいが、命の恩人に嘘《うそ》もつきづらい。良太は正直に、奇妙な音が聞こえてきたので肝試し気分でうろついていたと説明した。

先輩は呆《あき》れた顔をした。

「音が気になったから？　何、それ？　そんな理由であの広場をうろついてたの？」

「まあ、そうですけど……」

「ホントに？　でも、そう言われてみれば、良太くん。雑木林の中をじっと見てたもんね。じゃあ、本当に音の発生源を探してただけなんだ。だいぶ危ないね」

先輩が最後に深刻そうに言った。

良太は「はあ……」と恐縮した。

「まさか、あんなことになるとは思わなかったので……」

「いや、そうじゃなくてね。良太くんの感覚ではそうかもしれないけど……」

そう言うと先輩は急に値踏みするような目で良太を見てきた。それに良太がまた戸惑っていると、今度は腕を組んで、「まあ、教えてあげないと、どのみち話ができないか」と呟《つぶや》き、言った。

「ねえ、良太くん。さっきの公園にはわたしたちとあの人殺し以外に誰もいなかったけど、それはどうしてだと思う？」

　どうして？

「さあ、暗い公園だからでしょうか？」

「確かにあの公園は暗いね。でも通り抜けにはとても便利だし、暗いだけならもう少し人がいたっていい。それなのに、あの公園にはいつもまったく人がいない。それはどうしてかな？」

　先輩がもう一度質問を繰り返してきて、良太は眉根を寄せた。

「どうと言われても、ちょっとわからないですけど……」

「それはねえ。夜のあの公園ではよく人が殺されてるからなんだよ」

　一瞬、良太は何を言われたのかよくわからなかった。

「人が？　どういう意味ですか？」

「言葉通りの意味だよ。あの公園ではさっきみたいにしょっちゅう人が殺されてる。だから夜のあの公園には誰も近づかないの。――あ、でも誤解しないで。そういう場所は別にあの公園だけじゃないよ。公衆トイレに河川敷に路地裏。そういう人目につかないところでは他にもたくさん人が殺されてる。このあかね町では至る所で人が殺されてるんだよ」

そう言われ、良太はますます困惑した。

彼女によれば、一人の殺人鬼が何人も殺して回っているのではなく、人を殺しておきながら何食わぬ顔で暮らしている殺人犯がこの町には大勢いるということらしい。

つまり、このあかね町は殺人が頻発する、人殺しの町なのだそうだ。だが、当然そんなことはありえない。

にもかかわらず、先輩は別段、冗談を言っているわけではなさそうだった。

「は、はあ……。でも、そんなにたくさん人が殺されてたら大騒ぎだと思いますけど……」

良太は何と答えていいかわからず、とりあえず疑問を口にした。すると彼女は淀《よど》みなく答えた。

「それは簡単。この町の人殺したちが死体を始末しちゃうからだよ」

「始末……？　始末って、死体を隠すってことですか？」

「そう。死体がなければ事件自体がなかったことになるでしょ？」

死体がなければ事件は発覚せず警察も動かない。確かにそういう話は聞いたことがあった。

「殺人犯がみんな死体を隠したというんですか？　仮にそうだとして全員が全員、そんなに上手に死体を隠せるものですか？」

死体の隠蔽《いんぺい》なんて口で言うほど簡単ではないはずだ。

だが、良太の疑問に先輩は余裕の表情を浮かべる。

「常識的にはありえないかもね。でも、良太くんも不思議に思ったことない？　どうしてニュースで報道される事件の犯人って、みんな間抜けなんだろうって」

「間抜け、ですか？」

「そう。間抜け。目撃されまくりの、指紋残しまくりで、死体まで残しまくりって、これが間抜けじゃなければ何なのってくらい、どいつもこいつも間抜けばかりでしょ？　これってちょっと不自然だと思わない？　そりゃあ、人を殺せばパニックになるのもわかるけど、これだけ刑事ドラマがある時代に、なんでこんなに間抜けな犯罪者しかいないの？　良太くんだって、ニュースを見ながら、自分だったら、もっとうまくやれるって思ったことあるでしょ？」

「いや、それは、まあ……」

図星だった。確かにそう思ったことは何度もあった。

「でしょ？　わたしもそう。でも、これって実はちょっと発想を転換させれば、それほどおかしなことでもないんだよね。だって、偽装って罪を逃れるためにやってるんだから、それがうまくいったら捕まらないし、当然、ニュースにもならない。だから間抜けが捕まったニュースしか流れないんだろうね」

「……それって捕まってない犯人が大勢いるってことですか？」

先輩はニヤリとし、

「そう考えれば辻褄は合うよね。これは裏を返せば、やることやっておけばそうそう捕まらないってことでもあるよ」

だから死体を隠しきれば事件を発覚させないのも簡単だ、と付け加えた。

またとんでもない説に、良太は引きつった笑みを浮かべた。

「まさか、ありえないでしょう。だいたい死体を隠せばいいと言っても、その死体を隠すのが難しいと思いますけど」

人を殺すことも含めて必ず痕跡は残るし、人の目もある。あかね町の殺人犯全員がそれをかいくぐったというのはさすがに無理があった。

だが、良太の疑問に先輩は笑った。

「だから最初に言ったでしょ？　あかねの森公園では人が殺されるから誰も来ないって。この町では人が殺されてたからって誰も何も言わないんだよ」

「え？　人が殺されても無視するって言うんですか？」

良太が驚いて言うと先輩は頷いた。

「といっても、半分無意識みたいだけどね。例えば、毛布でくるんだ人間大の何かを運び込んでいる人や、何を植えるわけでもないのに庭に大きな穴を掘っている人を見かけたって、普通はいちいち詮索したりしないでしょ？　同じようにこの町の住人も顔や服に赤いシミを点々とつけている人がいたって、それを殺人と結び付けて声をかけたりはしない。そもそも気づきもしない。いわゆる意識のフィルターってやつかな。人は見たいものしか見ないっていうアレ。アレのせいで、この町の住人は殺人の痕跡を見ても、それを知りたくないこととして意識から除外し、平和な面しか見ようとしない。もちろん、中にはわたしみたいにハッキリとこの町の異常を認識している人間もいるけど、わたしたちも別にいちいちそのことを指摘したりはしない。怪しいものを見るたびにそんなことをしてたら、この町では命がいくつあっても足りないからね。それは見て見ぬふりをする住人たちも無意識下で理解してる。だから夜のあかねの森公園に近づこうとしない。変に見えるだろうけど、この町はそうやってバランスを取ってる。言うなれば、見て見ぬふりがこの町の文化で、生き残るための鉄則ってこと。だから良太くんも肝試しみたいなことは二度としないことをお勧めするよ。触らぬ神に祟《たた》りなし。さもなければ近いうちに必ず謎の失踪を遂げることになるからね」

要するに、良太にも見て見ぬふりをしたほうがいいと言いたいらしい。

その忠告に、良太はすぐに返事ができなかった。あまりにも無茶苦茶な話に呆気《あっけ》にとられてしまったからだ。

いくら何でも住人たちがみんな殺人を見て見ぬふりするなんてありえない。そりゃ、たまにはそういうケースもあるだろうけど、町全体でそれをしているなんて荒唐無稽にもほどがあった。残念ながら良太の命の恩人はとんでもない妄想にとらわれているようだった。

しかし、そうなると僕は何と答えればいいのか……。

「何？　わたしの話が信じられない？」

良太が対応に困っていると、先輩は見透かしたように言った。

「え、あの……」

「ふふっ。まあ、いきなりこんな話をされてもすぐには受け入れられないよね。でも、いまの話はすべて本当。その証拠に実際、人が殺されてたでしょ？　わかったら、とにかく危険な匂いのするものには近づかないこと。それも鉄則。だから公園で見たことも通報はしないってことで構わないよね？」

通報？

良太は、ハッとした。

「そうだ。通報しないと……」

警察にまだ通報していなかったことを思い出し、良太は慌てて携帯を取り出し、一一〇番を押そうとした。が、その瞬間、腕を先輩に摑《つか》まれた。

「痛っ、何を？」

「だから、通報はするなって言ってるでしょ」

「え？　でも……」

「でも、じゃない。通報なんて、そんなことしたら家族ごと皆殺しにされてもおかしくないよ？」

「皆殺しって……」

「人殺しが日常化しているこの町では普通にあり得るよ。それに、あれからもう三十分も経《た》ってる。死体なんて、とっくに消えてるから通報したところで意味がない。いや、リスクしかないよ」

先輩が言うには、殺害現場にはキャリーケースも転がっていたらしい。死体を詰めて運び出すためのものだ。

そんなものが用意されていたということは、もう死体は残っていない。そう先輩は続けて主張してきた。

だが、皆殺し云々《うんぬん》は彼女の妄想だ。そんな妄想に付き合って、家の近所に殺人犯が野放しになったら？　そう考えたら、とても従う気にもなれなかった。

「被害者もいることですし、やっぱり通報しないというのはちょっと……」

良太が建前を並べつつ抵抗していると、やがて先輩の顔から表情が消えた。

「あくまで通報はするってこと？　だったら仕方ないね」

「あ、理解していただけまし――」

と言いかけた瞬間、太ももに激痛が走った。視界に火花が散り、尻餅《しりもち》をつく。立ち上がれない。力が入らない。わけがわからずパニックになっていると、ふと目の前に立つ先輩の右手に黒い、剣の柄のような機械が握られているのに気がついた。スタンガンだ。先輩は良太にスタンガンを押し付けてきたのだ。

「な、何を……？」

「言ってわからないなら体験させてあげようと思って。通報したらこういう目に遭うってことだよ」

「こういうって……」

「だから、こういうことだよ」

先輩は良太に近づくと再び太ももにスタンガンを押し付けてきた。

同じ激痛が良太を襲う。だが痛み以上に酷《ひど》いのは脱力感だった。身体にまったく力が入らず動けない。だから三発目、四発目も避けられない。良太はただ声にならない声を上げることしかできなかった。

なんで？　なんで、こんなことに？

何が何だかわからないまま結局、良太は十発近いスタンガンを喰《く》らう羽目になった。

「ぐうう……」と呻《うめ》き声をあげる。

「これで少しはわかってくれた？　言っとくけど、実際に犯人に捕まったらこんなものじゃ済まないよ。わたしは良太くんみたいなことをしようとして失踪した人間を少なくとも二人、知ってるからね。これは良太くんのためでもあるんだよ？」

先輩は横たわったまま動けない良太の前にしゃがんで言った。

どうやら良太が公園の犯人に捕まった場合、殺される前に先輩のことも話すかもしれないと心配して、彼女はこんなことをしてきたらしい。

だが、そんな言葉は良太の耳には半分も届いていなかった。いま彼の頭にあるのは彼女が公園の犯人の仲間ではないかということだった。

そう考えれば、なぜそんなに通報させたがらないのかの説明がつく。

何より暗視ゴーグルにスタンガンまで持って夜の公園をうろついていたなんて、彼女だって充分に怪しい。

良太の恐怖心はいま彼女に対して向けられていた。

「――そういうことだから今度こそ通報しないいってことで構わないよね？　それでもどうしても良太くんの良心が咎《とが》めるっていうなら匿名での通報だけは許してあげる。もちろん、わたしのことは言わず、事件のことだけ簡潔にね。それがわたしにできる最大の譲歩。それでもまだ納得できないというなら、そのときは……」

そう言うと先輩は良太の髪の毛を掴み、スタンガンを口の中に押し込んできた。良太が恐怖で、ゴガガ、と呻くと、

「そのときは仕方ない。このままスタンガンのスイッチを入れてあげることになる。どうする？　スイッチ入れてほしい？」

そう先輩が問うてきて、良太は気づくと何度も首を横に振っていた。目尻には涙が浮かんでいた。

「そう。よかった。わかってくれて」

先輩は笑顔になると良太の口からスタンガンを抜いた。そして立ち上がると良太を見下ろして言う。

「匿名の通報はこの後すぐやってもらう。近くに公衆電話があるから、そこでわたしの監視の下でね。当然、後日通報し直すとかもなしだよ。もしそんなことしたら口の中でスタンガンどころじゃ済まさない。こっちは住所を知ってるってことを忘れないでね」

もし警察が良太くんの近くをうろついたらすぐにわかるから、と告げられると、良太はただそれに頷くことしかできなかった。

次の日、朝日が差し込むいつもの部屋で、良太は無事に目を覚ました。

時計は六時五十分。まだ目覚ましは鳴っていないがベッドから身体を起こすと、すぐにとてつもない疲労感に襲われた。

目の冴《さ》えに反して身体はかなりぐったりしている。

その疲労感で昨夜のことが夢ではないと思い知った。

あのあと、良太は先輩の指示通り、公衆電話から匿名で公園の事件を通報した。それがだいたい夜の十一時前。それから良太は先輩からさらに何かいろいろ注意されると（内容は覚えていない）無事に解放され、ふらふらの状態で帰宅し、すぐに寝た。

何があったかは誰にも何も話していない。それは先輩の命令があったからだが、家に帰った時点で心身ともに疲労困憊《こんぱい》だった良太にそんな気力は残っていなかったのだ。

あらためて考えてみても、本当に酷い目に遭ったと思う。

だが、その割に妙に心は落ち着いていた。おそらく強いストレスで脳が一時的に感情をシャットダウンしているのだろう。昨夜のことにいまいち現実感が湧かないのもそのせいではないかと思えた。

溜め息を吐《つ》くと、ベッドから降りた。

こんなときでも朝することは変わらない。

良太は制服に着替えて学校へ行く準備を整えると、部屋を出て一階の台所へ向かった。すると、

「ああ、ちょっと待ってて。もう少しでできるからね」

母は良太を見るなり、そう言った。

フライパンと菜箸を手に弁当用の卵焼きを作っている。

良太は抑揚なく「わかった」と告げると、テーブルの椅子に座って用意されたトーストをかじり始めた。

いつもと変わらぬ光景だ。

彼はテーブルの上に放り出された新聞をチェックする。

公園の事件のことは載っていない。さっき携帯を確認したところ、ネットにも記事はなかったので、昨夜のことはまだニュースになっていないようだった。

まだ十時間も経ってないならそんなものか。

新聞紙をテーブルに置くとちらりと母のほうを見た。

本来、良太はすぐにでも警察に名前を名乗ったうえで通報し直すべきかもしれないが、先輩のことを考えるとそんな気にはなれなかった。

匿名とはいえ通報はしている。

その最低限の義務は果たしている感覚が通報し直そうという気を失くさせる。もしかしたら、これも先輩の計算なのかもしれなかった。

さすがに考えすぎかな。

良太は母の態度から自分が昨日のことで特に不審がられていないことを確信すると、ココアの入ったマグカップを口に運んだ。

そこへパジャマ姿の姉が欠伸《あくび》をしながらやってきた。

「……おはよう。お母さん。ごはん」

「はい、おはよう。ちょっと待ってて。いま良太のお弁当つくってるから」

母が背を向けたまま答えると姉は眠そうな声で「わかった」と答え、良太の向かいの席に座った。

テーブルの上に姉の朝食はない。

いつもはこんなに早く起きてこないのだから当然だ。

手持無沙汰らしい姉は良太の置いた新聞をとって広げた。そのまま不機嫌そうな顔で良太のほうをチラリと見た。

「何よ。何、見てんのよ」

「いや、今日は起きるのが随分早いなと思って。今日は大学に行くの？」

「は？　大学ならいつも行ってますけど？」

「でも、いつもはもっと遅くまで寝てるだろ」

「それは単に遅刻してるだけだし！」

姉がテーブルを叩いた瞬間、母が険しい顔で振り返った。

「ちょっと、ユカリ？　どういうこと？　アンタ、いつも遅刻してるの？」

「え？　いや、してないよ。全然してない」

姉は明らかに焦った顔で首を振った。

「でも、いま、アンタ、遅刻してるって言ったでしょ？」

「それは良太が相手だから適当に答えただけだし」

「本当に？　嘘じゃないでしょうね？」

「ホント、ホント。ホントに遅刻なんてしてないから。単位だってちゃんと取ってるでしょ？」

姉は単位を盾に弁明した。基本、姉は成績がいいので、それを持ち出せばこの手の話は丸く収まる。母は成績さえ良ければあまり強く言わないからだ。

「だったらいいけど……。高いお金払ってるんだから授業にはちゃんと遅刻せず出なさいよ？」

やはり母は引き下がった。

「大丈夫。わかってるって」

姉は弁当作りに戻る母に明るい声で返すと、良太には険しい顔を向けてきた。その顔は「アンタのせいで怒られたでしょ」と文句を言っているようだったが、良太はそれを無視して二枚目のトーストをかじり始めた。

姉は、ふん、と鼻を鳴らすと、「あ、そうだ」と思い出したように言った。

「そういえば、今度また健一《けんいち》さんを家に呼ぼうと思うんだけど、別にいいよね？」

「あら。また来てくれるの？　いいわね。お母さん、お料理頑張っちゃう」

母はまた振り返って言った。

「いや、料理はわたしがやるから。それより父さんはいつ家にいるの？」

「さあ？　それはお父さんに聞いてみないと。まあ、聞いたところでまたドタキャンするかもしれないけどね」

母は、ふふっ、と笑ったが、姉は眉間にしわを寄せた。

健一さん、というのは姉の彼氏のことだ。賢く、温厚な性格の人で、母はとても気に入っていた。良太も姉にはもったいない人だと思っている。

ただそんな健一を父だけは避けていて先日、健一が家に来たときも急な残業と言って家に帰ってこなかった。これで二回連続だ。どうやら父は娘の彼氏に会いたくないようだった。

「はい。コレ、お弁当」

良太が朝食を終えたところで母がテーブルに二つの弁当箱を置いた。ひとつは学校用。もうひとつは塾用だ。

最近は塾で夕飯を済ませることが多いのだが、良太は弁当を受け取ると、

「僕も健一さんが来るときは家で夕飯を食べようかな」

と言ってみた。これに姉は良太を睨《にら》みつけてくる。

「別にアンタはいなくていいんだけど？」

「ちょっと、ユカリ。あんたはまたそんなこと言って。姉弟《きょうだい》でしょ？」

母に言われて姉は、むうと不満そうに口を突き出した。

「じゃあ、まあ、いいけど。でも、もし健一さんを不快にさせるようなことを言ったら一回につき一本、アンタの歯を引っこ抜くから。そのつもりでいてよね」

「だからユカリ、アンタは……」

「わかったよ。なるべく頑張る。――じゃあ、僕はもう行くから」

きっと姉はこのあと母から「いちいち良太に噛《か》みつくな」と説教を喰らうだろう。

良太はしてやったりの笑みを浮かべて玄関のドアを開けた。

そして、いつもの通学路ではなく、あかねの森公園に向かう道を歩き出した。学校に行く前に昨夜の事件がどうなったか確認しておくためだ。

やはり自分の通報の結果がどうなったかは気になる。犯行現場に戻る犯人というのも、こんな気持ちなのだろうか。

まだニュースにはなっていないようだったが、良太の通報で殺害現場となったあの公園の広場には今頃ドラマでよく見る黄色いテープが張り巡らされ、その外にはすでに野次馬が集まっているはずだ。

その野次馬にまぎれれば目立たずに事件の様子を確かめることができる、とそう良太は考えていた。

本当は先輩には公園には近づくなと警告されているが、いまは妙に恐怖心が麻痺《まひ》していて足が止まらない。それより事件のことが気になって仕方なかったのだ。

たぶん野次馬に隠れれば大丈夫、と自分に言い聞かせて、そのまま歩を進め続ける。

すると十分弱で視界の先にあかねの森公園が見えてきた。

昨夜は真っ黒な影に見えた歩道側の木々も今朝は日光に照らされてみずみずしい緑に見える。

とても昨夜、人が殺されたところと同じ場所とは思えない。

おかげで昨夜のことがフラッシュバックすることもないが、公園の入り口が近づいてくるにつれて徐々に別の不安を覚え始めた。

警察が来ているにしては、やけに静かだな。

入り口傍《そば》の駐車場を覗いてみると、パトカーが一台も見当たらない。

そのことに嫌《ま》な予感を覚えながら公園に入り例の広場に向かうと、そこで良太は信じがたい光景を目の当たりにするのだった。

朝のあかねの森公園は清々《すがすが》しさに満ちていた。

草木を照らす暖かな陽光。緑の香りをまとった空気。昨夜人が殺されたはずのこの広場は今朝もいつもと変わらぬ爽やかさを保ち続けているようだった。

その光景に良太は唖然《あぜん》とした。

これは？ どうなってる？

広場には野次馬どころか警官一人いなかった。

つまり、昨夜の事件が事件になっていない。

テレビやネットでもニュースになっていなかったのは単なるタイムラグではなく、事件そのものが発覚していなかったからなのか？

状況的にはそうとしか思えない。

でも、どうして……？

事態が呑《の》み込めず、良太はあらためて周囲を見回した。

場所はこの広場で間違っていない。

事件が起きたことも間違いない。

なのに、どうして捜査が始まっていないのか？

まさか通報が匿名だから悪戯《いたずら》と勘違いされた？ それとも駆けつけた警官が死体を見逃したのか？

そんな疑念が頭をよぎったときだった。良太は思い出した。

——死体がなければ事件自体がなかったことになるでしょ？

昨夜の先輩の言葉だ。いまその通りに事件がなかったことになっている。まるで先輩の言葉がすべて本当であると示すかのように。

いや、すべてじゃない、と良太は首を振った。

たぶん警察が来る前に犯人が死体を片付けてしまう。その推測だけが当たってしまっていたんだ。

確かに、夜のあかねの森公園で死体もなしに殺人事件があった痕跡を見つけることは、暗すぎてとても難しそうだ。

良太の通報でやって来た警察官が、事件は起きていないと間違った判断をしてしまうことはありえそうなことだった。

だから人殺しの町云々の話は決して事実ではない。それはあくまで先輩の妄想だ、とそう良太は自分に言い聞かせた。

ただ、それでも、ひとつの殺人事件がなかったことになっているのに変わりはない。その事実だけでも良太を動揺させるには充分だった。

人が殺されたのに捜査すら始まっていないなんて……。まさか、このまま本当にこの事件はなかったことになってしまうのだろうか？

世の中には発覚しないまま終わる事件があることは理解していたつもりだったが、いざ目の当たりにすると、とても現実のこととは思えない。

目の前に広がる平和な芝生の風景が良太には逆にとても恐ろしいものに感じられた。

どこかから聞こえる雀《すずめ》の鳴き声。

その声を聞きながら、良太はふと昨夜死体を発見した場所まで歩いてみようと思い立った。

もしかしたら通報が悪戯だと思われて、まだ死体が残ったままという可能性もある。

そうだとしたら、そのことを確認しておきたい。

良太はなるべく自然に見えるように気をつけながら昨晩同様、広場を囲む歩道を進み始めた。そうしてもう一度雑木林の中を確認するのだ。

昨夜と違って明るいうえに場所もわかっているのだから確認自体は容易だろう。

だが、この広い公園ではどこから誰が見ているかわからない。

先輩のことを考えたら間違っても死体の第一発見者になるような展開は避けておかなければならなかった。

いまのところ広場に人の姿は見当たらない。それでも散歩か何かに見えるよう気をつけながら進むと、やがて死体の発見現場が近づいてきた。それに合わせて良太はスピードを落として、さりげなく現場のほうに目をやった。だが。

――ない。死体がない。

昨夜と違い雑木林の奥まで見通せるというのに死体はどこにも見当たらなかった。

予想はしていたが、いざ、その事実に直面するとやはり動揺は隠せない。

あれだけのことがあったというのに何もなかったかのようになっているなんて……。

気づくと、良太は雑木林のほうを見ながら足を止めていた。そんな自分に気づき、慌てて歩き出そうとした、そのとき――突然背後から、キャンキャンという鳴き声が聞こえてきた。振り返ると、一匹の小型犬が良太に向かって吠《ほ》えていた。

な、何だ？　この犬。

予期せぬ事態に驚く良太だったが、すぐに吠えられているのは自分ではなく、その背後にある雑木林の中の死体のあった場所だと気がついた。

きっと血の臭いでも嗅ぎ取っているのだろう。

どうしたらいいのかと良太が固まっていると、今度は五十前後のおじさんが小走りでこちらに近づいて来た。どうやら飼い主のようだった。

「ああ、ごめんね。ウチのヤツが。なんでか急に走り出しちゃってね」

気のよさそうなおじさんは良太に謝りながら手に持っていたハーネスを犬の首輪に

つけだした。

おじさんも良太に向かって吠えたと思っているのだろう。

良太は「いえ。大丈夫です」と答えた。

「本当にごめんね。いつもはこんなに吠えないんだけど。この辺に何かあるのかな?」

おじさんが雑木林のほうを向いてキョロキョロしだすと、良太は内心どきりとした。

「いや、どうでしょう? 別に何もないと思いますけど……」

「そうかい? でも、いま雑木林のほうを見てなかったかい?」

「え……?」

「ここで急に立ち止まってたろ? そっちにある何かを見てたんじゃないのかい?」

そう言っておじさんが死体のあったほうを指さすと、良太は激しく動揺した。

もし今後、何かのきっかけで昨夜の事件が発覚したとしたら、このおじさんは警察に「殺害現場を気にする高校生がいた」と証言するかもしれない。それは絶対に避けたかった。

「いえ、ちょっときれいな鳥がいたんで見てただけですよ。もう飛んで行ってしまいましたけど」

良太は咄嗟に嘘を吐いた。

「ほう。それは見たかったな。けど、もしかして、うちの犬が吠えたせいで飛んでちやったかな?」

「いえ、そういうわけでは」

「だったらいいけどね。でも知らなかったな。良太くんが鳥好きだったなんて」

「え……」

と良太は固まった。

なぜ見ず知らずのおじさんが良太の名前を知っているのか。

良太が動揺を隠して尋ねると、おじさんは「石川《いしかわ》」と名乗り、あかねの森公園を挟んだ反対側に住んでいるのだと答えた。

「だから散歩してると、たまに良太くんのお母さんとばったり出くわすことがあるんだよ。良太くんは緑坂高校に通ってるんだろ?　お母さんが自慢してたよ」

「そ、そうなんですか……」

良太は笑顔が引きつりそうになりながら答えた。

まさか殺害現場にいるところを、良太の名前を知っている人間に見られるとは思っていなかった。だが、家の近所なのだからこういう事態は充分に考えられる。どうやら思ったより頭が回っていないようだった。

これ以上、ボロが出る前にさっさと立ち去ろう。

良太は適当に会話を交わすと学校に行かなければいけないと伝えて、石川と別れることにした。

「では、失礼します」

そうして広場から出て行く途中で、ふと良太の頭にある疑問が浮かんだ。

そういえば今日は平日なのに石川は犬の散歩なんてしていていいのだろうか？

つい気になって振り返ると、石川はなぜか能面のような顔でじっと良太のことを見ているのだった。


「辻浦。最近、ぼうっとしてない？」

英語の授業が終わると、クラス委員長の花沢佳代《はなざわかよ》が話しかけてきた。

「別にそんなことないけど」と良太が答えると、

「いや、俺も最近の辻浦は気抜けてると思うわ。授業中全然前見てないし、ノートなんてこの様だぜ」

隣の席から友田《ともだ》が割り込み、良太のノートを指さした。確かにノートには授業の前半部分についてしか書かれていなかった。

「困るぜ、辻浦。お前のノートは俺も見るんだ」

友田がそんなことを言うので、良太は鼻で笑い、

「なんで、俺が友田にノートを見せるために頑張るんだよ」

と答えた。

「そうよ、アンタ。自分のノートくらい、自分でとりなさいよね」

花沢も言うと、友田は肩をすくめた。

「そんなの俺の勝手だろ？」

「勝手じゃないでしょ。辻浦のノートなんだから」

「ははっ。わかった。わかった。次は別の奴に頼むよ」

特に反省した様子のない友田に、花沢はさらに注意しようとするも別の女子に呼ばれると渋々教室を出て行った。

友田はそれを見て、

「へっ、まったく母親みたいな奴だな」と笑い、「けど最近、お前、本当にちょっとぼうっとしすぎだよな。何かあったのか？」

と急に真面目な顔で言ってきた。それに良太は内心で狼狽《うろた》えつつ、

「いや、別にないけど。強いて言うなら、ここのところ寝不足だったかな」

と平静を装って答えた。どうやら友田にまで心配されているようだった。

「ふうん。寝不足か。ならいいけど。まあ、何かあったら言えよな。気が向いたら手を貸すからよ」

「気が向いたらかよ」

良太はなるべく高く口角を吊《つ》り上げた。

「じゃあ、何かあったらこれまで見せてきたノートの分だけ働いてもらうかな」

「オーケー。じゃあ、ノートの分だけな」

調子よく言うと、友田も教室を出て行き、他の同級生たちも続いた。

良太たちのクラスは次が選択授業なのだ。

だから良太もそろそろ教室を移動しなければならないのだが、彼はまだ席を立ちはしなかった。徐々に人の減っていく教室に残って、一人机で考える。

あれから四日。あの夜起きた殺人事件はいまだ世間には知られていないままだった。

次の日の朝以降、公園には近づいていないが、何の騒ぎにもなっていないことからそれがわかる。

やはり犯人が死体を隠してしまったことで、誰も事件があったことに気づくことができないのだろう。被害者の失踪自体は周囲の人間に気づかれているはずだけど、それも死体がなければ殺人という考えには至らないのかもしれない。このままだと本当に事件はなかったことになりそうだった。

もう一度名前を名乗って通報しようか。

そういう考えがちらりと浮かぶこともあるが、実際に行動に移る気にはなれなかった。

そんなことをすれば先輩が何をするかわからない。

おまけに昨日からあかね町には台風がやって来ている。

これではもう通報する意味もあまりないように思えるのだ。

外に目をやれば、窓に雨が叩きつけられている。

この雨によって殺人の証拠はすでに洗い流されてしまっているだろう。

これでは事件が発覚したところで犯人が捕まる可能性はほとんどないはず。そう考えたらもはや通報にはリスクしかないというわけだ。

ただ、一方で自分が匿名の通報しかしなかったことで殺人事件がひとつなかったことになるのかと思うと、どうにも心がもやもやするのも事実だった。

それは犯人を野放しにすることへの罪悪感か。それとも単に気味が悪いからなのか。

自分でも理由はよくわからないが、このまま何もしなくていいのかとつい事件のことが気になってしまう。それが友田たちから、ぼうっとしていると言われる原因のようだった。

良太はスタンガンを持つ先輩の姿を思い出すと、机を人差し指でトントンと叩き始めた。

――それにしても先輩とは一体、何者なのだろう？

この疑問もよく浮かぶ。

あの夜は公園の犯人の共犯ではないかと疑いもしたが、通報を（匿名とはいえ）許可したなら、その可能性はまずないはずだ。そもそも共犯なら公園からこっそり逃げる意味もよくわからない。

ただ一方で、暗視ゴーグルやスタンガンを持って夜の公園をうろついていたことから不審者であることは間違いない。

問題はそんなものを持って夜のあかねの森公園で何をしていたのか。

普通に考えれば覗きの類だが、あんな真っ暗な公園にはカップルなんてまず来ない。来るとすれば、それこそあの夜の犯人のような人殺しだろう。

少なくとも先輩の頭の中ではそうなっているのだから、覗く対象は人殺しというのが疑問の答えのように思えた。

だが、果たしてそんな馬鹿なことがあるのだろうか？

疑問に思いつつ、しかし、妙にしっくりくるのも事実だった。

妄想を語る先輩の顔を思い出すと、ありえないことでもないような気もするが……。

と、そのときふいに携帯の着信音が鳴った。母からのメールだ。

内容は、今度のはずが急遽《きゅうきょ》、今夜、健一が家に来ることになったから今日は塾じゃなく家で夕飯をとるか、というものだった。

それを見て、良太はギクリとして目を剝《む》いた。なぜなら健一はあかね町の交番で働く警察官だったからだ。

——もし警察が良太くんの近くをうろついたらすぐにわかるから。

先輩の言葉を思い出すと、良太は全身の肌が粟立《あわだ》つのを自覚するのだった。


「警察官を仕事にしたのは、やりがいのある仕事だと思ったからですね。こんなにわかりやすく人の役に立つ仕事は他にないですから」

そう言って健一は、姉がつくったことになっている母のハンバーグを口に運んだ。

午後八時。辻浦家のダイニング。例によって残業を理由に欠席している父を除き、良太ら辻浦家の面々は健一と共に夕食を囲んでいた。

「さすが、健一さんは立派ねえ。人の役に立ちたいなんて」

母は本日八度目の「立派ねえ」を繰り出した。

「ホント。どこかの良太くんにも見習わせたい」

母が健一を褒めると姉は自分のことのように喜んだ。どこかの良太への嫌味も含めて、いつものパターンだ。

「いやあ、ぜんぜん立派な理由ではないんですよ。人の役に立ちたいと言うとそう聞こえるかもしれませんけど、僕の場合はわかりやすいやりがいが欲しかっただけですから。人のためと言いながら実際は自分のためなんですよ」

健一は謙遜なのかよくわからないことを言った。

「あら、それでも充分立派よ。そういうことを自分で言えるところも立派だわ」

「そうだよ。自分のことしか考えてない奴より全然まし。わたしの周りにもいるんだよね。自分のことしか考えてない奴。確か『良』で始まって、『太』で終わる名前の奴」

言いながら姉は良太のことをチラリと見たが、理由が不明なので知らん顔をした。いまはそんなことより、健一に公園の事件について、さりげなく質問する隙を窺《うかが》わなければならなかった。

夕食前、良太はひとつの決断をした。それは事件について警察が何か知らないか健一に探りを入れるということだった。

もし今夜、先輩が良太の家を見張っていたならとてもまずいことになるかもしれないが、健一を止めようにも良太は彼の携帯番号を知らないし、姉が健一の訪問をやめさせるわけもない。だったら、もういっそこの機会を利用しようと考えたというわけだ。

先輩だって二十四時間ずっと見張っていることなんてできないのだから、そう心配する必要はないはず。そう祈って公園の事件について情報を引き出すことにした。

捜査がされていないのはほぼ間違いないが、万が一ということもある。せっかくのチャンスは生かしたかった。

「そういえば最近、このあたりで何か大きな事件ってありましたか？」

会話が落ち着いてきた頃、良太は自然な流れで尋ねた。

「大きな事件？　例えば、どんなだい？」

健一は良太を見て言った。

「何でもいいですけど、じゃあ、殺人事件とかはどうですか？」

「殺人？　いやあ、このあたりでは起きてないね。もしあったらニュースでもやっていると思うよ」

健一は笑って言った。

「そうよ。偏差値六十台はそんなこともわからないの？」

「それもそうですね。うっかりしてました」

良太は（偏差値が何度か七十超えただけで七十台気取りの）姉を無視して言った。

やはり警察は公園の事件を認識していないようだった。

「でも最近は悪戯の通報が多かったりするんですよね？　だったら、いかにも悪戯っぽい通報だった場合、調べないってことはあったりするんですか？」

良太の通報も悪戯扱いになったのではないかという疑問からの質問だった。だが、健一はこれもすぐに否定した。

「いや、それはないね。たとえ悪戯っぽくても必ず調べるのが決まりだから」

「でも通報の数が多いときは仕方なく無視するとか」

「ははっ。そんなことして本当に事件だったら大変だよ。まあ、もしかしたら忙しくて遅れるってことはあるかもしれないけど、無視はさすがにないかな。そんなことしたら懲戒処分だね」

健一がこれだけ言うなら良太の通報で警察が来てなかったということはなさそうだった。

ということは調べたけど、何も見つからなかったということだろう。

あの暗がりでは仕方ないのかもしれない。先輩の言う通り通報の時点でもう死体は消えていたということか。

「ところで良太くんはさっきからどうしてそんなことを聞くんだい？」

「え、何がですか？」

突然の逆質問に良太は内心どきりとした。

「少し熱心な質問に感じたからね。もしかして何か警察官の僕に相談したいことでもあるのかなと思って」

健一は微笑《ほほえ》みながら、じっと良太の目を見てきた。しつこく聞いたことで違和感を与えてしまったらしい。そのことに焦った良太は、

「その、通報が無視されてたら、実は気づかれてない殺人事件とか、たくさんあったりするのかなと思いまして……」

と咄嗟に先輩の妄想話を口にした。

姉が「はあ？」と反応する。

「人が殺されたのに気づかれないわけないじゃん。アンタ、何言ってるの？」

「いや、クラスの奴がそういう話をしてて……。ほら、死体がなければ事件と認識されないとか言うから」

「ちょっと、食事中に死体とかやめてよ。気持ち悪いな」

「そうよ、良太。健一さんにも悪いでしょ」

母にまで言われ、良太は口をつぐんだ。だが、健一は言う。

「いえ、僕のことならお気になさらず。良太くんはきっと友達の話を聞いて家族のことが心配になったんですよ。なあ、そうだろ？　良太くん」

「え？　ええ。まあ……」

「だと思ったよ」と笑って頷くと、健一は続けて、

「でも、そうか。気づかれてない殺人事件か。それは確かに興味深いね。日本は殺人

事件の発生件数がかなり少ないし、絶対ないとは言い切れないかもね」

と聞き捨てならないことを口にした。

言い切れないとはどういうことか。良太が尋ねると健一は言った。

「それが、日本の殺人事件発生率はだいたい十万人に一人なんだけど、この数字って世界的に見ても極端に少なくて、比較的治安のいいヨーロッパの国と比べても半分以下の確率なんだ。それが僕にはちょっと少なすぎるような気もしてね。いくら平和な国といっても、日本はそこまで特別なのかなって」

良太は眉根を寄せた。

「それは実際はもっと殺されているということですか？」

「まあ、良太くんの友達が言うように殺人事件の発生件数は遺体が発見されなければカウントされないわけだからね。事実、殺人事件の発生件数が年間、千件ほどなのに対して、失踪者は届け出だけでも十万人。十万人もいたんじゃ、その中にどれだけ殺人事件の被害者が紛れているかはわかったものじゃないよね」

十万人なら一パーセントでも千人。二パーセントなら二千人。元から判明している発生件数と合わせれば、いともあっさり倍増していく。これが日本の殺人事件の発生率が低い理由だとしたら確かに恐ろしい数字だった。

「そのうえ」と健一は続ける。「遺体が発見されても、それが殺人だと気づかれない

という パターンもある。例えば、変死体が解剖される確率は先進国なら高いところで九十パーセント弱、低いところでも五十パーセントくらいなんだけど、日本はたったの十パーセント。変死体でもほとんど解剖していない。これではどれだけの殺人が見過ごされているかわからない、って意見が実際出ているんだよね」

「あら。でも変死体が出れば監察医の人が解剖するんじゃなかったかしら？」母が発言した。

「ええ。その通りです。お詳しいですね」

「サスペンスドラマ、好きだから」

母が笑って答えると健一も笑顔で返し、「ですが」と続けた。

「実は監察医制度があるのは東京、横浜《よこはま》、名古屋《なごや》、大阪、神戸《こうべ》の一部の地域だけで、それ以外の地域では現場で殺人と判断されなければ解剖されることはありません。つまり現場の目さえ欺ければ解剖を免れることは可能なんですね」

「まあ、そうなの？　それは困ったわね」

母があまり困ってなさそうに言うと、健一は良太のほうに向き直った。

「ちなみにニュースなんかでは犯罪の凶悪化が叫ばれているけど、データ上ではむしろ殺人事件の発生件数は減少傾向にあると言われている。でも、これももしかしたら単に殺人犯たちが上手く死体を隠す知恵をつけたってだけかもしれない。いまの時代、テレビドラマやネットでそうした知識を仕入れることは決して難しくはないからね。だから、良太くんの友達が言うように気づかれていない殺人事件の存在もあながち妄想とは言い切れないかもしれないね」

「そ、そうなんですか」

良太は少し当惑して言った。

まさか先輩の話が肯定的に語られるとは。絶対に否定されると思っていたのに健一がそんなことを言うとは……。

だが良太が二の句を継げずにいると、健一は次の瞬間、ふっ、と笑いだした。

「いや、ごめん。いまのはもちろん冗談だよ。日本で気づかれないうちに大勢の人が殺されてるなんて、ありえないよ」

「え？　でも、十万人の失踪者が……」

「確かに失踪届は十万人分出ているけど、そのほとんどはすぐに発見されているから実質、失踪人は二千人もいないんだ。それと変死体が解剖されないときは検視官という専門の捜査員が殺人ではないと判断した結果だから別段そこに問題はない。日本で殺人が少ないのはやっぱりそれだけ平和な国ってことだろうね」

「あら、そうなの？　よかった」

母が胸に手を当ててほっとしたという仕草をすると、健一は犯罪が凶悪化しているというのもマスコミがつくった勝手なイメージだと語った。

「メディアが発達したことで昔より殺人事件のニュースに触れる機会が増えたからね。それで物騒になったと感じるだけで、凶悪な事件というのはむしろ昔のほうが多かった。昔はいまほど事件が取り上げられていなかったというだけでね」

「じゃあ、増えたのは事件じゃなくてニュースということですか？」

良太が尋ねた。

「そうだね。もともと日本は一人一人の生活圏が近くて、こっそり人を殺すには向かないし、何より人を殺しておいて平然としているなんて、そうそうできることじゃない。少なくとも僕は人の良心を信じているよ」

そう言って健一が微笑んだ。

それを見て良太は、やっぱり先輩の話は妄想だよな、と少し安堵した。それは心のどこかでわずかながら先輩の話を、もしかして……と思っていた証《あかし》なのかもしれなかった。

午後九時半。母の「立派ねえ」が二十度目に達したところで、健一は辻浦家を後にした。

それを見届けると、良太はすぐに自室に引っ込み、ノートパソコンを開いた。調べたいことがあったからだ。

先輩の妄想話を一蹴してくれた健一だったが、そのとき実はもうひとつヒントをくれていた。それは客観的なデータからアプローチするという方法だ。

先輩は殺人犯たちが死体を始末するから事件は表沙汰にならないと説明していたが、分母が大きければ始末しない間抜けだって必ず一定の割合で存在しているはずなのだ。であれば、あかね町で起きた殺人事件の数は他の地域より多少なりとも多くなければならない。これがもし他とたいして変わらないとなれば、それは先輩が妄言を吐いているという証拠だった。

まあ、わざわざ調べるほどでもないことだけど、実際に公園の事件はなかったことになってるしな。

ハッキリさせられるならハッキリさせておきたい。

そう思って良太は、あかね町で起こった殺人事件の統計をネットを使って調べ始めた。

だが、その結果は彼の予想とは大きく異なっていた。

「これ、血の跡だよな?」

と良太は言った。

授業の前に立ち寄ったトイレのいちばん奥の個室の前。その床にはノート一冊分くらいの大きな赤い跡があった。拭き取られて薄くなっているが、間違いない。それはどう見ても血痕のように思えた。

「血？　ああ。ホントだ。トイレってそういうのよくあるよな」

血痕の前に立って凝視する良太の斜め後ろから友田も覗き込んできた。その後ろでは小便器に水が流れていた。

「これは……何の血だ？」

「さあ？　鼻血じゃね？　俺はトイレで見つけた血の跡は全部、鼻血だと思ってるぜ」

興味を失くしたのか、友田は洗面台のほうに向かった。

「鼻血……」

確かに鼻血以外でノート一冊分も広がる出血があったなら大事だ。普通に考えたら鼻血で間違いないのだが……。

「なんで、トイレなんだ？」

「うん？　何が？」

「いや、確かにトイレでこういう血の跡ってよく見かけるけど、なんでトイレでばかり見るんだ？　別に鼻血ってトイレでするもんじゃないだろ？」

「ああ、言われてみると、見かける割に、俺もトイレで鼻血なんか出したことないな」

友田は洗面台の水を止めると手を拭きながら言った。

「あ、わかった。喧嘩《けんか》だ。喧嘩で鼻血が出たんだ」

「喧嘩？」

「ああ。よくあるだろ。人目につかないトイレで不良に殴られるってシチュエーション。時々殺されちゃったりな」

「殺す？」

良太はぎくりとした。

「ん？　何だよ？　見たことあるだろ？　トイレで死体が見つかったってニュース。ドラマとかでも殺害現場としてよく出てくるし、もしかしたらトイレって割とよく人が殺される場所なのかもな」

確かにそういう映像は何度も見たことがあるが……。

「案外、これもそうだったりしてな。そこの個室に死体が隠されてたりとか。――あれ？」

友田の声のトーンが低くなった。

「よく見たらこの血の跡、個室の中まで続いてないか？」

「え？」

良太は血痕にさらに注意深く目をやった。薄くてよくわからないが、確かに個室の下の隙間から中を覗くようにすると、血痕はそちらへと延びているように見えた。

「こりゃあ、もしかして本当に中に死体が隠されてたりするかもな。ちょっと確かめてみるか」

「あ、ちょっ……」

良太は止めようとしたが、友田は言うが早いか、すぐに良太の前に来て個室のドアに手をかけた。その瞬間、良太は思わず半歩下がって目を閉じた。そして一秒後に目を開けると、個室の前にはドアを手前に少しだけ引いて、中を覗き込むようにしながら固まる友田の姿があった。

彼は口をパクパクさせながら、のけ反るようにすると個室の中を指さして言った。

「ほ、本当に……死体」

その一言で、良太も固まった。

引かれたドアが邪魔で良太の位置からは個室の中が見えない。彼は心臓をバクバクさせながら、ゆっくり回り込むことで中を覗き込んだ。するとそこには誰もいない、ただの個室の空間があった。

「……うん？」

と良太が首を傾げると次の瞬間、友田が声を上げて笑い出した。

「おいおい、マジかよ。何、ビビってるんだ。死体なんてあるわけねえだろ？」

良太は、ハッとした。

「当たり前だろ。ここは学校だぞ？　なんで信じるんだよ？」

「いや、でも血の跡があるし……」

「それが何だよ？　普通、そんなことで信じるか？　辻浦のビビり方に逆にこっちがビビったわ」

何も言い返せず、じっと睨みつける良太を、友田はなおも笑い続けた。そして、ひとしきり笑い終えると目に涙を浮かべて言った。

「いやあ、傑作だった。まさか、本気で信じるとはな」

「……笑いすぎだ。もういいだろ。別に」

「そりゃ、いいけどよ。でもなあ……」

と友田が言いかけると、そこへチャイムが鳴った。昼休み終了前のチャイムだ。

「あ、やべ。もう行かねえと」

「……僕はまだトイレ、済ませてないから。先に行けよ」

「ああ。辻浦もさっさと来いよ」

友田が出て行くと、良太はひとつ息を吐いてもう一度、血の跡に目をやった。その脳裏には先輩の顔が思い浮かんでいた。

公園で事件を目撃したあと、先輩は、あかね町の住人は町の平和な面しか見ないから、怪しい痕跡を見てもそれを殺人とは結び付けないと言っていた。

なら先輩に言わせれば、この血の跡もきっと殺人の痕跡ということになるんだろう。無論、そんなことはまずありえないが、いまの良太はそれを心の底から完全には否定できなくなっていた。

そうなったのは三日前。健一が家に来た日の夜からだった。

あの夜、良太は健一が帰ったあと、あかね町の殺人事件の統計についてネットを使って調べていた。

といっても、あかね町だけで公開されている殺人事件の統計は存在しなかったので、正確には調べたのは、あかね区だ。

多少範囲が広がるが、先輩の言う「この町」が厳密にあかね町だけを指していると は限らないので、あかね区で調べても問題はないと考えた。

その結果、まさに名前に「あかね」と入っている、あかね警察署の情報がヒットした。

ただし、あかね署は名前のわりにあかね区の一部しか管轄していないようで、そこからさらに調べてみると、どうやら、あかね区はあかね署と緑《みどり》署、中《なか》署、鶴見《つるみ》署、堺《さかい》署、坂下《さかした》署の六つの警察署でバラバラに分けて、そのうえで他の区にもまたがって管轄しているらしいことがわかった。

緑署は緑区とあかね区の一部。中署は中区とあかね区の一部。鶴見署は鶴見区とあかね区の一部。堺署はあかね区と緑区の二つの区の一部。坂下署はあかね区と中区の二つの区の一部。そして、あかね署はあかね区と中区と鶴見区の三つの区の一部になる。つまり四つの区を六つの署で分けて管轄しているということだ（厳密には緑区の一部はまた別の署の管轄だったりするのだが、言い出すとキリがないので無視した）。

これであかね区の大雑把な情報がわかった。

ただ、あかね区単独で見てもわからないので比較対象として隣の市にある岡崎署《おかざき》の統計も見つけておいた。岡崎署は岡崎区をほぼ単独で管轄している。なので、ここの発生件数と、あかね区を管轄する六つの署の発生件数を比べてみれば何かがわかるはずだった。

六つの署が管轄する区の人口は合計で約九十九万人。岡崎区は約二十六万人。つまり、ほぼ四対一なので六つの署の発生件数を四分の一にすれば、あかね区のおおよその発生件数がわかることになる。

もちろん六つの署のほうは他の緑区、中区、鶴見区の分も含まれているのでとても正確なデータとは言えないが、それでも少しくらいはあかね区の状況についてわかるだろう。

そう考えて良太は計算を試みたのだが、その結果は彼の予想をはるかに超えるものだった。

　まず岡崎署の管轄する岡崎区の殺人事件発生件数は年間ゼロ件から五件の間で過去十二年での平均は約三件弱であった。二十六万人で三件弱。これは十万人に一人という日本全体での殺人事件の発生率とほぼ同じ数字だ。

　対してあかね区のほうは、六つの署の発生件数がそれぞれ三件から十件の間。そして過去十年ほどの平均がそれぞれ五件から八件で、その合計が（四つの区全体で）四十一件。これはつまり、ひとつの区では年間でおおよそ十件弱の殺人事件が発生しているということであり、岡崎区の三件弱に対して三倍以上の発生率であった。

　この数字を最初に見たとき、良太は自分の目を疑った。

　あかね区の人口は二十三万人なので、十万人での発生率でみると、おおよそ四件。日本の平均の四倍の数字になってしまった。

　もちろん元々、地域によって発生率というものは違うものだが、都道府県別のランキングなどをみる限り、酷いところでも十万人に二件ほど。それなのに、あかね区はさらにその倍ということになる。

　こんな一地方の町でこの数字は異常だ。しかも、この数字は他の三つの区と合わせて均《なら》した数字だ。あかね区単独でみたら、さらにその倍、三倍もありえる。

　そのうえ、これはあくまで遺体が発見された事件だけに限った話。万が一、先輩の言う通り隠されている遺体のほうが何倍も多いというなら日本の平均の何十倍でもおかしくはないということだった。

いや、違う。先輩の話が本当かどうかの確認なのだから先輩の言葉を計算に入れるのはおかしい。それ以外の数字だけで判断しないと……。

しかし、その数字だけで判断しても日本の平均の四倍以上。

どのみち、良太は眉をひそめることとなった。

以来、良太には先輩の話を頭から否定することができなくなっていた。

無論、まず間違いなく、自分が何か計算違いをしているだけだろう。それはわかっているが、ならどうして何度計算し直しても正しい数字が出てこないのだろうか？

客観的データは先輩の妄想話が正しそうだと言っている。その事実があの殺人の光景と結びつくと、良太の心は言い知れぬ不安を覚えた。

これも一種のＰＴＳＤなのだろうか？

どんなに頭で馬鹿らしい妄想だと否定しても、心は先輩の話が真実ではないかと疑っている。その結果が先ほどの血痕への過剰反応だ。

身体が震えるというほどではないが、先輩の妄想話が頭をよぎると、もうそれが気になって仕方なくなる。これでは受験勉強どころか普通の生活にも支障をきたすことになりかねなかった。

この町は本当に人殺しの町なのか。僕はまた殺人犯と遭遇するかもしれないのか。きっとそれをハッキリさせるべきなのだろう。

こうなったら、うだうだ考えていても仕方ない。

良太はトイレの窓から灰色の空を眺めると、行動を起こすことを決めるのだった。


一週間ぶりに来たあかねの森公園の多目的広場は昨日までの雨で足元が少々ぬかるんでいた。

予想通り、これじゃあ、もう殺害現場にも証拠なんて残ってないだろう。

あらためてそのことを確認すると、良太はいきなり殺害現場に近づくことはせず、まずは広場の外からあたりの様子を窺った。

サッカーボールを蹴り合う数人の男の子たちに、縄跳びする女の子。空はいまも灰色のままだが、誰も気にしている様子はない。やはり、ここからは殺人が行われた気配など微塵《みじん》も感じられなかった。

どう見てもただの平和な広場にしか見えないよな……。

だが、ここで殺人が起きたのは間違いない。良太は広場には数人の子どもたちしかいないことを確認すると、広場を突っ切ってまっすぐ殺害現場である雑木林に向かった。

本当は今日は先輩を探すつもりだった。先輩の話が本当かどうかハッキリさせるには本人に聞いてみるのがいちばんいいと考えたからだ。

だが、「当て」が外れて見つからなかった。

そこで代わりに、そもそもの発端であるこの公園へとやって来ていた。

先輩には近づくなと警告されているが、すでに一回来てしまっているし、健一が家に来たときも何の反応もなかったのだから特に問題はないだろう。

そんなことよりもまずは、この公園の事件についてもハッキリさせておきたい。

先輩が覗きをしていたと思われるこの事件は何だったのか。先輩の妄想話も気になるが、正直こっちの事件のこともずっと頭に引っ掛かっていた。

自分が調べてどうなることでもないけど、せめて証拠が残っているかどうかくらいは確認しておきたい。

良太は殺人のあった雑木林に辿り着くと、周囲の目を気にしつつ、現場に何か残ってないか調べ始めた。あくまで何でもない風を装って。死体が横たわっていたあたりを見回していく。

だが、予想通りと言うべきか。そこには殺人の痕跡らしきものは何も残ってはいなかった。それどころか明らかに幼児と思われるサイズの靴跡がいくつもぬかるんだ土に残っていた。要するに現場保存もクソもない状況だ。

それでも良太は粘り強くあたりの状態を観察した。

現場付近の土。木の幹や葉っぱ。近くの茂みなど何かないかと探ってみた。

しかし、当然のごとく何も見つかることはなかった。

腕時計を見ると、午後五時過ぎ。日が落ちるにはまだ時間があるが、あまりこの場に長く留《とど》まるべきではない。

それで仕方なく、良太はその場を離れようとした、そのとき、現場の茂みに指二本分ほどの大きさの何かが引っかかっているのが目に入った。

気になって顔を近づけると、それは花のような模様の描かれた紫色の布きれだった。

破れているので、おそらく服か何かの切れ端だろう。よく見ると色が斑《まだら》になっているのがわかる。本来は青かった布がまるで赤い液体に浸けられたようになって……。

と、その瞬間、良太は布きれに血が付着するイメージが頭に浮かんだ。

もしかして、この布きれはあの夜の犯人か、被害者の服の切れ端ではないだろうか。

どちらかはわからないが、二人のうちのどちらかの服なら血が付くのは自然なことだし、争っている最中に服が茂みに引っかかって破れることも充分にありえる。

例えば、歩道で襲ったあと被害者を雑木林の中へ引きずっていったときに引っかかったとか。

もちろん事件から一週間も過ぎていることを考えれば、事件とは関係ない可能性のほうが高いのだが……。

そう思いつつ、良太はハンカチを出すとその中に布きれをしまった。証拠の回収だ。

どうするかは決めてないが、とりあえずその布きれを持って広場を後にする。

そうして、そのまま公園の出口へと続く歩道を歩いていると、突然、背中に衝撃を受けて、良太はその場に転んだ。誰かに後ろから飛び蹴りを食らったのだ。

誰だ、と思って振り返ると、そこにはぶすっとした顔の先輩が立っていた。


「なんで、ここに？」

良太が驚いて尋ねると、先輩は見下ろしながら言った。

「それはこっちのセリフだよ。わたし、公園には近づくなって言わなかったっけ？」

瞬間、良太は身体がすくんだ。スタンガンのことが脳をよぎったのだ。

「いや、その」

先輩はニヤリとする。

「そんなに怖がらなくても何もしないよ。いくらあかね町でも、こんなところで人をボコボコにしたら警察呼ばれちゃうからね」

「でも、僕、いま蹴られましたけど……」

良太は恐る恐る立ち上がりながら言った。

「いまのは誰にも見られてないから大丈夫。——それより良太くんはこんなところで何をしてんのよ？」

ジロジロと見てくる先輩に、良太は言葉に詰まった。

「その、あの夜、ここであったことが気になって……。警察も誰も調べていないようなんで」

「調べてないから何？　まさか、また通報しようとか思ってんじゃないでしょうね？」

「いえ、そういうわけでは……」

良太は慌てて首を振った。

「僕はただ、このままじゃ、本当に僕が目撃した事件がなかったことになってしまうんじゃないかと心配になって、それで……」

「それで自分で調べてみようとしたって？　あほか」

先輩は吠えた。

「一週間も経ってるんだから何も残ってるわけないでしょ。ていうか、君なんかが調べて何がわかるっていうわけ？」

「いえ、そう思うのも無理ありませんけど、意外なことにこんな物を見つけまして」

良太は半ば反射的に先ほど見つけた布きれを出した。ハンカチの上に載せて先輩に見せると、先輩は疑わしそうな目で顔を近づけた。

「何、これ？　布？」

「何かはわかりません。でも僕は犯人か、被害者の服が破れたものなんじゃないかと思って。現場近くの茂みに引っかかってて、血のようなものもついてますし」

「血？」

先輩はハンカチごと布きれを良太の手から取りあげた。

あっ、と良太は心の中で声が出た。

そういえば先輩にはわずかながら犯人の共犯である可能性もあった。もしそうだとしたら、このまま証拠である布きれを奪われてしまわないか。

そう心配になったのだが、

「ふうん。確かに血みたいなシミがあるね。でも、事件とは関係ないんじゃない？」

と先輩はあっさり布きれを返した。

その反応に良太は拍子抜けする。やっぱり先輩は共犯ではなかったのか、元から布きれが事件と関係ないのか。何にせよ、安堵した彼は遠慮がちに聞く。

「あの、どうして関係ないと思うんですか？」

「決まってるじゃん。時間が経ちすぎてるからだよ。あの日の証拠がこんなに残り続けてるわけないでしょ」

「でも血がついてますし……」

「それだけで事件と関係あるとは言えない。それに仮に関係あるとしてもこんな布きれだけじゃ、個人じゃ何もわからないでしょ？　あ、それとも良太くんは、これを警察に渡して捜査でもしてもらおうって考えてるの？」

先輩に指をさされ、良太は慌てて首を振った。

「い、いえ、見つけたばかりで何も決めてませんけど……」

「本当に？　だったらいいけど、良太くんは来るなっていうのに、こんなところまで来ちゃってるからね。しかも思い切り現場を探りまわって。そんなことして、もし犯人がいたらどうするつもりだったの？　間違いなく目をつけられてたよ？」

犯人は現場に戻ってくるという言葉を思い出し、良太はどきりとした。思わず周りを見渡す。

「いや、大丈夫だよ。広場に来たときからずっと見てたけど、良太くんを気にしてた人間はいないよ。でなきゃ、わたしも良太くんに声を掛けないって」

「え、広場に来たときからって、先輩は元々広場を見張ってたってことですか？」

良太は先輩のほうを見て、ふと思いつく。

「もしかして、それって犯人が戻ってくるのを見張ってたんですか？」

他に広場を見張っている理由がない。

良太の問いに先輩は、ふん、と鼻を鳴らした。

「だったら、何？　わたしは遠くから観察してただけだし、怪しい人間は一日でわかるからいいんだよ」

「いえ、先輩も危ないことしてると言っているのではなく、なんでそんなことをしているのかと思って……」

　人殺しなんて見て見ぬふりをしろと言いながら、自分は犯人の待ち伏せという真逆の行動をとるのはなぜなのか。

　その疑問に先輩は少し考えるようにして言った。

「別に。わたしって気になることは放っておけない性質《たち》だから。町中に人殺しがいると思ったら気になるでしょ？　だから、ちょっと探してたってだけだよ」

「探してたって、じゃあ、もしかしてあのときも……」

「公園のときのこと？　まあね。あのときも殺人スポットを探索してただけ。あそこなら殺人が起きる確率が高いからね。それがわたしの趣味みたいなもんなの。文句ある？」

　やはり先輩の行動は以前予想した通りだった。

　あの夜、先輩が暗視ゴーグルをつけて、わざわざ危険だという公園に出向いていたのは殺人の現場でも捜していたからだったのだ。

　悪趣味だが、気になることは放っておけないという気持ちは良太も同じなのでよくわかる。どうやら先輩はあの夜の犯人のように人を殺すタイプではなさそうだった。

「何がおかしいの？」

先輩に睨まれ、良太は即座に背筋を伸ばした。

「い、いえ。何でもないんです。それより、あの……広場を見張ってるあいだ、犯人はやって来たんでしょうか？」

「さあね。こっちは顔も性別もわからないんだから何とも言えないよ。とりあえず殺人現場で怪しい行動をしているのは良太くんだけだったけどね」

「そ、そうですか。来ませんでしたか」

「残念ながら、たぶんね。この調子だと犯人がここに戻ってくることはなさそうだね。だから――」先輩は良太の目を見て言う。「もうここに来ても無駄だよ。というか、もう二度と来ちゃ駄目だから。わかった？」

「えっと、はい……」と良太は答えた。

「わかったんなら、さっさと出て行って。くれぐれもわたしの忠告を忘れないでね」

そう言うと、先輩は良太に背を向けて歩き出した。

それを見て、良太は慌てた。まだ肝心なことを何も聞いていなかった。

「あ、あの、ちょっと待ってください。まだ、お聞きしたいことがあるんですけど」

「わたしにはない。じゃあね」

先輩は振り返ってもくれなかった。

このままでは本当に行ってしまう。どうする?

追い詰められた良太はそのとき、はたと閃《ひらめ》いた。

「そ、そういえば、先輩って、講和《こうわ》大学の学生ですよね?」

その言葉で、先輩の足がピタリと止まった。驚きと不安の混じった顔で振り返る。

「なんで?」

やはり身元を知られたとなると無視はできないらしい。

良太は心の中で、ほっと息を吐くと、恐縮して言った。

「すみません。ちょっと、お話を聞きたいだけなんです」


「え、健一さんのこと気づいてたんですか?」

二人は公園近くのファミレスにやってきていた。驚く良太に先輩は当然のように言う。

「わたしはあかね町の警官の顔は全部覚えてるからね。でも、誰も現場を調べに来ないから、良太くんへの刑の執行は保留にしておいた。密告したなら必ず警察が調べに来るからね」

結構危ないところだったということか。

「す、すみません。健一さんは姉の彼氏でいきなり来ることになっただけで――」

「どうでもいい。そんなことより、どうしてわたしが講和の学生だとわかったの？」

先輩はコーヒーカップを片手に、こちらを観察するようにして聞いてきた。良太はその目にたじろぐ。

「そ、それなんですが、実はただの推測でして。当たったのは半分たまたまみたいなもので」

「推測？　どういうこと？」

「えっと、ご存知の通り僕の高校はこのあたりではいちばんの進学校なので、昔からあかね町に住んでいれば知らない人はあまりいないんです。でも、先輩は僕の高校のことを『進学校じゃなかったっけ？』という程度にしか知りませんでしたよね？　それでたぶん、先輩は高校を卒業してからあかね町に来た人だなと考えて、あとは二十歳前後の見た目と合わせて、きっと入学とともにあかね町に引っ越してきた大学生じゃないかと見当をつけたんです」

先輩の眉間にしわが寄る。

「わたしの発言からってこと……？」

「あと最後に、僕の家の近所の人の出入りを把握していたことから、先輩の家も僕の家から遠くはないと考えて、そこからいちばん近い講和大学の学生ではないか、と推測したんです。まあ、半分は当てずっぽうってことですけど」

良太は遠慮するようにそう付け加えた。

実は先輩を探す「当て」というのはこの推測のことだ。

放課後、まず良太は先輩を見つけようと講和大学に行っていた。だが、何の準備もしてなかったため、大勢の学生を前に見つけられず、諦めて、それであかねの森公園にやって来ていたのだ。

それがまさか公園で先輩に会うとは……。

それは良太も予想外だった。

「ふうん。なるほどね」と先輩は不満そうに言った。

「当てずっぽうってことは、つまり、わたしは公園でカマをかけられてたんだね。それにわたしはまんまと反応してしまったと」

「いや、そういうわけでは……」

「やられたよ。やっぱりいい高校行ってるだけあって、頭がいいね。まさか、こんな見つかり方するとは思ってなかったよ」

先輩は頭の後ろに手を回すと天を仰《あお》ぐようにして言い、

「でも、まあ、知られたものは仕方ないか。——それでわたしに聞きたいことって何よ？」

と今度はテーブルに身を乗り出して聞いてきた。

どうやら質問に答えてくれるようだった。

「あ、その、僕が聞きたいことというのは先輩が前に話してた、例のこの町は殺人犯だらけって話でして……」

良太はそう切り出し、さらにあかね町の統計についての話もした。

それに先輩は「統計？」と、とても興味深そうに耳を傾けた。そして、聞き終えると言った。

「へえ。実際に統計にも出てたんだ。それは面白いね」

「僕としては先輩の話を否定するために調べたんですけど、実際にはその逆の結果が出てしまって、それで先輩の話をもう一度ちゃんと聞きたいと思いまして……」

「ははっ。気になって勉強に集中できなくでもなった？　それは受験生としては困るよね」

それだけじゃないが、それも確かに重要だった。

「まあ、でも、そうね。わたしとしても居場所を知られている相手にはこの町のことを正しく理解してほしいからね。話をすること自体は構わないかな」

「本当ですか？」

「ええ。ただ、わかってると思うけど、統計の普通の四倍って数字はあくまで遺体が見つかった事件だけの数字だから、実際はもっと多いはずだよ。わたしの感覚ではさらにその三十倍くらいはいってると思うね」

「三十？　それだと十万分の百二十だから……八百三十三人？　八百三十三人に一人は殺人犯って計算になりますけど」

ひとつの学校に一人か、二人は殺人犯がいるってことか？

とんでもない数字だが、先輩は「まあ、そんなもんじゃないかな」と呑気《のんき》に言った。

「もちろん場所によりけりだから、あかね区以外の区ではもっと少ないと思うし、逆にあかね区のあかね町だけに絞れば、五百人だって切ってるかもしれないけどね」

「五百？　五百人に一人……ですか？」

通常の二百倍だ。もはや週に複数の殺人犯とすれ違えそうな数字だった。

「あかね町に絞るなら、ね」と先輩は下を指さした。「あかね町が狂気の中心だから。だから人の集まる場所ならそれ以上ってところもあるかもしれないね」

だとしたら、あまりにも出鱈目《でたらめ》すぎる数字だ。良太は思わず疑いの視線を向けた。

「それ以上って……いくら何でも、それはさすがに多すぎませんか？　五百人に一人でも多すぎますけど、それ以上ってなったら、さすがに誰かが気づきますよね？」

「いや、気づかないよ。言ったでしょ？　この町の人たちは見て見ぬふりをするって。無意識下での選択的な無関心とでもいうのかな？　誰も自分の住む町が人殺しだらけなんて認めたくないから、都合の悪い情報はすべてシャットアウトしちゃうんだよ。結婚詐欺師に騙《だま》される人たちくらいね」

見て見ぬふり。

確か先輩は前にもそんな話をしていた。だが、あらためて聞いても、無茶苦茶な話だ、としか思えず、良太は言った。

「でも、無関心といってもそれなりの倫理観を持つ人だって一定数いますよね？　そういう人たちは騒がないんですか？」

「だから、そういう問題じゃないんだって。見て見ぬふりをするっていうのは無意識下のことで、殺人を示唆《しさ》するものを目撃しても、目に映るだけで本当の意味では見えてないってことなんだから」

「……どういう意味ですか？」

「要するに、人は見たいものしか見てない、ってことだよ。確証バイアスって言ってね。人間というのはたとえ視界に入ったものでも常識に合わないものは排除して認識できなくなってしまうんだよ。だから町なかで人殺しを示唆するような血痕とかが目に入っても、わからない。常識から外れてるからね」

「殺人が常識的じゃないから……？　でも、僕みたいに……」

「ええ。良太くんのように思い切り殺してる現場を見たなら気づく可能性は高いだろうね。でも、この町の人殺したちも人前で堂々と人を殺してるわけじゃないからね。さすがにそんな場面はこの町でもめったに見られない。それに――」

先輩は続けて言う。

「確証バイアス抜きにしても人はそもそもそんなに物事をよく見ていない。現に良太くんだって昨日、友達がどんな柄の靴下を履いていたかなんて、わからないでしょ？　絶対目に映ってたはずなのに見たことすら覚えていない。人の目ってそんなもんだよ。見えているようで見えていない。人は気づこうとしない限り、何も見ることはできない。たとえ目の端っこで人が殺されていようとね」

友達の靴下を覚えていないというのは確かにその通りだった。だが、

「いや、でも、さすがに殺人は気づくと思いますけど」

と良太が首を捻《ひね》ると、先輩は笑みを浮かべた。

「もちろん、たまたま何かの拍子に見えることはあるよ？　でも、それで何か行動に移そうとする人間もまた少ない。良太くんだって、そうでしょう？　例えば、家で夕飯を食べているとき、外から女の人の叫び声が聞こえた気がしたからって、良太くんは外まで確認に行く？　道端でウロウロする人がいたからって、いちいち警察に通報するの？」

「それは……」

問われて、良太は答えに窮した。確かにあまり行動に移すタイプではなかった。

「大抵はそんなもんだよね」と先輩は頷いた。「あかね町の人でなくてもそう。人が血を吹き出して倒れたとか、あからさまに異様な状況でもない限り、人はおかしなことに遭遇しても、何かしようとはしない。なぜなら人には正常性バイアスというものがあるから。知ってる？　正常性バイアス」

良太が首を振ると、先輩は言った。

「正常性バイアスというのは身の回りで多少の異常事態が起こってもそれも正常の範囲内でのことだと判断してしまう心理作用のことだよ。つまり殺人を疑える何かに遭遇しても、自分の周りでそんな異常なことが起きるはずがないと判断してしまうってこと。日常の些細《ささい》なことにいちいち過剰に反応しないために、こんな働きがあるみたいだね」

「自分の日常を守るために殺人をなかったことにするということですか？」

そうとも言えるかもね、と先輩は答えた。

「正常性バイアスの困ったところは本当の異常事態に対しても、機能が働いてしまうってこと。そのせいで人は行動すべきときに行動できなくなるし、それどころか確証バイアスとあわさって、もっと気づきにくくしてしまうこともあるみたい」

「確証バイアスと？」

「そう。正常性バイアスが異常なことを異常でないと思い込ませて、さらに確証バイアスでそれを視界から排除してしまう。そうなったら、もう些細な異常なんて余裕でスルーでしょ？　ちなみに、この手のコンボなら他にもあるよ。例えば、多数派同調バイアス。これは周りの人間の意見や行動に合わせてしまう心理作用のことなんだけど、これも正常性バイアスとコンボで決まることがあって、過去にはそれで酷い地下鉄火災が韓国で起きたことがある。その地下鉄火災で乗客は車内にたくさんの煙が出ていたことに気がついていたにもかかわらず、みな平然と座ったままでいて、そのせいで多くの死傷者が出てしまった。そのとき生き残った乗客は後に、なぜ逃げなかったのかと問われて、こう答えたらしい。こんな大変な火災だと思わなかった。誰も逃げないから自分も逃げなかった、ってね。こういうの、良太くんも心当たりあるでしょ？　非常ベルが鳴ってるのに、友達と顔を見合わせるだけで逃げなかったとか。正常性バイアスと多数派同調バイアスがコンボで決まると、ちょっと異常なことどころか、あからさまに異常なことでさえ人はスルーしてしまうみたい。恐ろしいことにね」

そう先輩が言うと、良太は唸《うな》った。確かに学校で非常ベルが鳴ったとき、良太は周りの様子を窺うだけで逃げようとしなかった。良太だけじゃない。その場の全員がそうだったのだ。この話はそう馬鹿にはできなかった。

ちなみに、と先輩は続ける。

「韓国の事故は火災だったからみんなも周知のこととなったけど、これが死体の出てこないタイプの殺人事件だったらどうかな？　もしかしたら発覚してないだけで世の中ではたくさんの不自然さがスルーされてるって可能性はない？　もちろん中にはスルーしない人もいるだろうけど、そんな人は少数派でしょ？　大多数の人は何もしないんだから世の中には見過ごされていることがたくさんあるはずだよね？　ほら。想像してみてよ。良太くんの近所で殺人事件が起きたら、良太くんは必ず気づくことができると言える？　人を殺しておきながら笑いかけるご近所さんに良太くんは本当に違和感を持てる？」

むう、とまた、良太は呻いた。他人の嘘を絶対に見抜ける自信などない。この話も彼には否定できなかった。

「まあ、人間には元々そういう性質があるってことだね」と先輩は肩をすくめた。「しかも、この町の人たちはわざとそうしている節がある。あくまで無意識レベルでの話だけど、半分は意識的というか。見ても気づかないふりをして意識の外に追い出そうとしてる。そういう文化がこの町にはあるみたい。見て見ぬふりの文化。無関心の文化とでも言うのかな。わたしとしてはむしろ、その文化のほうが異常に感じることがある。この町に人殺しが多いのも、その文化のせいじゃないかな」

無関心が殺人の温床になっているのかもしれない。そう言うと、先輩は椅子の背もたれに寄り掛かった。

「——と、まあ、わたしの考えとしてはこんな感じだけど、どう？　わたしの話を否定できそう？」

その問いに、良太は腕を組み、返答に窮した。

「そう……ですね。正直、どう判断していいのか」

前に健一は、日本は人の生活圏が近い、つまり人の目があるから人殺しが起きにくいと言っていた。それは裏を返せば人の目がなければ人殺しは起こりえるということでもあり、そういう意味では正常性バイアスなどを用いた説明は理屈に適《かな》っているように思えなくもなかった。

だが、実際問題、現実にそんなことがありえるのかというと、やはり無理があると言わざるを得なかった。

人が目に映るありのままを見ていないというのはその通りかもしれないが、明らかな異常事態さえも何かのバイアスのせいで見逃してしまっているというのは、どう考えても強引すぎる。やはり常識的に考えて、先輩の話はありえないと結論するより他になかった。

「常識ね……。じゃあ、良太くんは非常識なものはすべて間違いだと思ってるの？」

「そういうわけではありませんけど、でも、ここまで突拍子もないと、さすがに何か証拠が欲しいといいますか……」

「証拠？　ああ、なるほど。証拠があればいいのね」

先輩は、ぽん、と膝を叩いた。

「わかった。だったら、良太くんには証拠を見せてあげるよ。疑いようのない、決定的な証拠をね」

「え、証拠……あるんですか？」

「ある。——良太くん。あかねの森公園の近くにあるサンセットマンションはわかるよね？　そのマンションの近くに小林《こばやし》って、おばさんの家があるから、明日の朝、そこに一緒に行ってみよう。丁度、明日、そのおばさんが死体を捨てに行くはずだからさ」

良太は、ぎょっとした。

「死体を……捨てに？」

「そう。あのおばさん。だいたい一、二か月に一人のペースで通り魔的に人を殺してるみたいなんだけど、そのあと死体をバラバラにして捨ててるんだよ。ごみ袋に入れて、生ごみと一緒にね。だから、わたしはそのおばさんのことを、ごみ袋おばさんって呼んでるんだけど、丁度いまが捨てる時期だから、ごみ袋を開けてみれば、バッチリ殺人の証拠が見られると思うよ」

「いや、いきなり、そう言われても、その、その人は本当に、人を……？」

良太が確認すると、

「間違いない。わたしも前に袋を開けて確認したことあるから」

と先輩は言った。

良太は思わず息を呑んだ。

どうやら先輩は本気で殺人犯を、そして、その被害者のバラバラ死体を確認させようとしているらしい。

もちろん常識的に考えたら、すべては先輩の妄想のはずだ。

だが、直接死体を見たというのは気になる。何より、実際にバラバラ死体を見るというのは想像するだけで、背筋が寒くなるものがあった。

「本気……ですか？　バラバラ死体の確認って……」

先輩は一拍空けて答える。

「そうだけど……怖いの？」

「それは、まあ、だって、いきなりそんなこと言われたら……」

ふっ、と先輩は笑った。

「だったら仕方ないね。良太くんにはひとつ耳寄りな情報を伝えておこうかな」

「耳寄りな情報？」

「そう。このごみ袋おばさん、もしかしたら、良太くんが目撃した公園の事件の犯人かもしれないよ？」

次の日。登校前の朝七時。良太はあかねの森公園近くの住宅街を歩いていた。先輩がごみ袋おばさんと呼ぶ殺人鬼を確認しに行くことにしたからだ。

別に殺人鬼になど会いたくないが、そのごみ袋おばさんが公園の事件の犯人かもしれないと言われたら、やはり確認はしておきたかった。

常識的に考えたら、もちろん先輩の妄想なんだが、妄想とハッキリ確認できるなら、それはそれで悪くない。

一晩明けて、落ち着きを取り戻した良太はそんな風に考えていた。

やがて合流地点であるサンセットマンションが見えてくる。そこにははじめて会ったときのようにジャージにキャップをかぶった先輩の姿があった。

「公園の犯人はキャリーケースを使っていたでしょ？　実はごみ袋おばさんもよくキャリーケースを引っ張ってるんだよね。おばさんの家には玄関まで訪ねてくる人はいても中にまで入る人はいないから、きっと外で襲った人間をキャリーケースに詰めて家の中まで運んでいるんじゃないかと思う。ね？　キャリーケースの使い方が公園の犯人と一緒でしょ？」

「それがごみ袋おばさんが公園の犯人かもしれないと考える根拠ですか？」

「それともうひとつ」

先輩は人差し指を立てた。

「公園の事件のとき、公園の駐車場には車が止まってなかったから、犯人はきっと近所の人間だと思うんだよね。近所ならキャリーケースで家まで運べるでしょ？　この二つのことからして、ごみ袋おばさんが公園の犯人の可能性は結構高めだと思うんだよね」

確かに、それだけの根拠があるなら犯人の可能性は高そうだった。もちろん、先輩の話がすべて妄想でなければだが。

「あ、あの少し汚い感じの家がそうだよ」

先輩は指は使わず、顎を軽く上げて示した。

どの家のことかはすぐにわかった。

小林という表札のかかった、どこにでもありそうな二階建ての一軒家だ。ただし先輩の言う通り、周りの家と比べるとどこか汚れているように見えた。

「これがごみ袋おばさんの家ですか？　なんか普通ですね。カーテンが全部閉まってるくらいで」

「見た目はね。でも、この家の中では何人もの人間が切り刻まれてるってことを忘れないで。あと、さっき言ったように家に視線も送らないでね」

「ええ」

　と答えると、良太は先輩と共にごみ袋おばさんの家の前を通り過ぎた。

　これからごみ袋おばさんがごみを捨てに来るのを待つわけだが、どこかでじっと待っていては目立ってしまうから止まらず歩き続けろ、と先輩に言われているのだ。

　かなり用心深いが、本当に相手が殺人鬼なら当然の対応なのかもしれない。

　ごみ袋おばさんの家から十数メートル。

　先輩は腕時計に目をやった。

「まだおばさんが出てくるまで時間があるから。それまで作戦を確認しようか」

　良太が了解すると、先輩は説明し始めた。

「これからおばさんは六つから八つのごみ袋を持って外に出てくるけど、おばさんが捨てに行くのはこの近所のごみ捨て場じゃなくて、どこか遠くでね。具体的な場所はわたしも知らないけど、運ぶのに車を使うから、おばさんは一旦すべてのごみ袋を玄関前に置いて、それから何回かに分けて、家から少し離れた駐車場まで持っていくの。良太くんはそのとき無防備になる玄関前のごみ袋を狙って」

「玄関前ですか。そんなところに置きっ放しにするなんて、随分と不用心ですね」

　先輩は肩をすくめた。

「ここはあかね町だからね。その辺の感覚、バグってる犯人は多いよ」

住民が見て見ぬふりをしてくれるから不用心になるということか。

「なら僕の場合も誰も気にしないということですか？　不法侵入なんですけど」

空き家への不法侵入なら経験あるが、人の住む家は初めてだ。しかも殺人鬼の家かもしれないとなると、さすがに少し緊張する。

「ちょっとドアの前に行くだけだから大丈夫だよ。それより気にすべきはおばさんに見られないことね」

先輩は突き当たりのT字路で足を止めると、左の通りに顔を向けた。

「百メートルくらい先に駐車場が見えるでしょ？　おばさんの車はあそこにあるから、良太くんはおばさんがこの角を曲がって、ここに戻ってくるまでのあいだに家からの脱出まで済ませておいて。時間はだいたい五、六分。でも念のため三分くらいをリミットにしておこうか。作業自体は二分もかからないから余裕でしょ？」

家の前の通りにいるあいだは振り返るだけで家の様子が見えてしまう。なので、角を曲がって左の通りにいるあいだが勝負というわけだ。

その間、先輩は駐車場の近くでおばさんを見張り、戻り始めた段階で携帯を鳴らしてくれるという。もちろん良太の携帯はマナーモードだ。

「わたしがやったときは見張りなしだからね。それに比べれば気楽なもんだよ」

「……僕はあまり気楽って感じではないですけど、まあ、やることはわかりました」

話を聞く限り作戦の危険度は低そうだ。

良太は先輩と来た道を引き返し始めると、昨日聞いたごみ袋おばさんの情報を思い出した。

それによると、ごみ袋おばさんは夫とは死別していて、現在は先ほどの家で一人暮らしをしているらしい。以前はもう一人、医大受験に失敗してから引きこもっていた息子がいたそうだが、一年半ほど前からその姿が見えなくなり、そのことをおばさんは周囲に、息子は留学しているからだと説明しているそうだ。

だが、引きこもりに留学などできるのかという疑問がある。加えて、その頃からおばさんは大量のごみ袋を車で捨てに行くようになったという。

それを踏まえて考えると結論はひとつ。おばさんは息子を殺し、それをきっかけに殺人鬼になった。それが先輩の見解だった。

「きっと引きこもりの息子を殺したとき凄《すご》い開放感を覚えたんだろうね。その快感を何度も味わいたくて殺人鬼になったってところかな」

それが無関係な人間を殺す理由だそうだ。もしその通りだとしたら、おばさんはまごうことなき快楽殺人者ということになるが……。

ふと腕時計を見ると、ごみ袋おばさんの家の前の通りを往復し始めてから、かれこれ十分近く経とうとしていた。おばさんの動きが予想より少し遅れていた。

「なかなか出てこないですね。もしかして今日はごみ捨てしないんでしょうか？」

「それはない。この三日ずっと捨てに行ってたし」

「三日？」

良太は思わず先輩のほうに顔を向けた。

「三日も捨ててたんですか？　いや、その前に、そんなに捨ててたなら、もう捨て終わってるんじゃ」

「それもない。死体って大きいし重いからね。おまけに、おばさんはばれないように、ある程度小さくして、一袋に少しずつって感じで捨ててるから。だから三日やそこらで捨てきれるってことはないね」

「え？　じゃあ、もしかして死体って、もう腐ってるんじゃ……」

ぐちゃぐちゃになってたら人かどうかわからないうえに、気持ち悪い。想像して、良太は気分が悪くなった。

「言ってなかったっけ？　死体は冷凍された状態で捨てられてるから大丈夫だよ」

「冷凍？　凍ってるんですか？」

腐らせないためですか、と良太は聞いた。

「たぶんね。きっと人一人収納できる大きな冷凍庫が小林家にはあるんだろうね」

本当に凍っているなら少しはグロテスクさが軽減されるだろうか。

いや、それより冷凍庫に死体があるならそれが殺人の証拠になる。警察に家宅捜索させれば逮捕できるんじゃないだろうか？

良太は先輩をちらりと見た。

「……そういえば先輩は僕が事件に関わろうとするのを嫌がってましたよね？　それなのに今日のことはいいんですか？」

「わたしが嫌なのはわたしの身が危険にさらされることだけだよ。例えば、通報とかね」

一瞬、心を見透かされたかと思い、良太は心臓が跳ねた。

「いや、でも、僕がごみ袋おばさんに見つかったら先輩も危険じゃないんですか？」

「そこはわたしが見張ってるから大丈夫。それに、ごみ袋おばさんはこの町でも屈指のモンスターだからね。見たら良太くんも二度と通報しようなんて気にはならなくなるよ？」

脅すことで、良太に馬鹿なことをさせない。

それが先輩にとってのメリットのようだった。

どうやら良太はあまり信用されていないらしい。当然と言えば当然だが、先輩もどこか楽しんでいるようにも見えるのは気のせいだろうか。

「ほら。出てきたよ」

先輩の声で、良太は家のほうを見た。

すると通りの先、ごみ袋おばさんの家から、まさにおばさんと呼ぶべき人物が門扉を開けて出てこようとしていた。


ごみ袋おばさんこと、小林雅子《まさこ》は本当に普通のおばさんだった。

おばさんパーマをした中肉中背。いや、体格は少し大きめだろうか。年のころは五十代半ばで地味な服装にエプロンをつけ、下はサンダル。常にニコニコしているような表情からして、きっと愛想も悪くないだろう。

日常に溶け込んだその姿からはわずかな暴力の気配も感じなかった。

これが殺人鬼？

おばさんは朝の日の光を浴びながら両手に半透明のごみ袋を持って通りをこちらに向かって歩き出した。

「止まらずに歩き続けて」先輩が小声で言った。「真横を通るとき、顔は正面。間違ってもおばさんを見ないで。さりげなく。景色の一部として視界に入れて。絶対に視線を顔に合わせちゃ駄目だよ」

その指示に従い、良太は駐車場へと向かうおばさんと、何事もなくすれ違った。至近距離。しかし、やはりどう見ても、おばさんは普通のおばさんだった。

少なくとも良太にはそうとしか見えないのだが、道を曲がって角に隠れると、先輩は、ふうっ、と深く息を吐いた。

「やっぱり今日も捨てに行くみたいだね。どう？　怪しさの塊だったでしょ。わたしなんか、あの姿を一目見ただけで背筋が凍ったからね」

良太は首を傾げた。

「そうですか？　僕には普通のおばさんに見えましたけど」

「どこが？　手袋とかつけてて、どう見てもおかしいでしょ？」

先輩は、信じられないといった様子で言った。

確かにおばさんは両手になぜか手袋をはめていた。先輩が言うには指紋対策のためとのことだが、良太にはピンとこなかった。

「なんで、わからないかな？　そもそも生ごみを近所のごみ置き場じゃなくて車で別のごみ捨て場まで捨てに行くって時点で、おかしいでしょ。数も異常に多いし、広告や新聞紙を入れて中身を見えなくしてるし。これが異常じゃなくて何なの？」

「それは、少しは変だと思いますけど、何か理由があってやってるのかもしれませんし、例えば、手が汚れるのが嫌で手袋をつけてるとか。だから、それだけで何か怪しいとは、僕は別に……本当に殺人鬼なんですか？」

良太が確認すると、先輩は顔をしかめた。

「そこから疑う？　間違いないよ。前に一度、セールスマンっぽい人がいたんだけど、家の中に入ったきり二度と出てこなかったからね。ていうか、だから死体を見たってば」

「……でも、とても殺人鬼には見えないですけど」

あのおばさんの姿を見ると、先輩は本当に死体を見たのかと思わずにはいられない。何かの肉片と勘違いしているだけではないだろうか。

「やっぱりわからない人にはわからないか」先輩は諦めたように溜め息を吐いた。「こりゃ、完全にセンサーがオフになってるわ」

「センサー？」

良太が繰り返すと、先輩は言った。

「怪しいものを素直に怪しいと思える目だよ。見たいものしか見ない良太くんたちとは違って、わたしの目は殺人の痕跡は絶対に見逃さないようにできてるの。万引きGメンが見ただけで万引き犯を見分けるみたいにね」

要するに正常性バイアスや確証バイアスの逆のことらしい。異常なことが起きてると意識し続けることで、先輩は異常なことに対するセンサーが敏感になっていると言うのだ。

だが、裏を返せばそれは、何でもかんでも殺人に結び付けて見ているということだ。果たして本当に見たいものを見ているのはどちらなのか。

良太が疑わしく思っていると、駐車場のほうから、おばさんが戻ってきた。第一陣を運び終えて第二陣を取りに来たのだ。

先輩の顔つきが変わる。

「とにかく手筈《てはず》通りに次で行くよ。わたしは駐車場のほうに行くから。わたしが携帯を鳴らしたら作戦スタートね」

先輩はごみ袋おばさんの家の前を通らず回り込む別のルートで、走って駐車場に向かった。

それを見て、良太も少々落ち着かない気分になる。

だが、ここまで来たら、とりあえずやるしかないだろう。

ブレザーを脱ぎ、それを鞄と一緒にその場に置く。

通りの角から顔を出すと、すでにごみ袋おばさんが家を出て通りを歩いているのが目に入った。ごみ袋を持って良太と反対方向に歩いて行き、一分ほどでT字路を左に曲がる。

携帯が鳴ったのはそれから少ししてからだ。

先輩がおばさんはもう引き返さないと確信したタイミング。

良太は先輩からのゴーサインに、すぐに動き始めた。角から飛び出し、小林家に早歩きで向かう。走らないのは目立たないためだ。見張っているだけの先輩と違って、こっちは目立つわけにはいかない。

それでも家の前には、すぐに辿り着いた。

鍵のかかってない門扉。それを少し躊躇《ためら》いながら開ける。これで不法侵入成立だ。誰かに見られていないか周囲を窺いつつ、玄関に向かう。

ドアの前にはごみ袋が四つ置かれていた。

良太はもう一度周囲を窺ってから、ごみ袋の前に腰を下ろした。

どれを開ければいいのか。

別にどれでもいいのだが、この中に死体が入っているかもしれないと思うと、躊躇いを覚える。

だが、のんびり考えている時間もない。

すでに先輩からのコールから五十秒が経過している。

良太は適当にいちばん左のものに決めると、それに手を伸ばした、が、その瞬間、予期せぬ感覚を覚えた。思わず手を引っ込める。

冷たい？

恐る恐るもう一度手を伸ばしてみると、やはりそのごみ袋はわずかながら、ひんやりとしていた。おそらく中にとても冷たい何かが入っていて、その冷気がごみ袋の袋そのものまで冷やしてしまったのだ。

では、その冷たい物とは何か。

脳裏に、死体は冷凍されているという先輩の言葉が蘇った。

まさか……ほんとうに？

それまでの半信半疑だった思いが一瞬で吹き飛んだ。代わりに心臓の鼓動がどんどん早くなっていき、息が苦しくなっていく。

目の前のごみ袋がさっきまでとはまるで異質なものに見えてきた。

どうする？　本当に開けるのか？

良太は生唾を飲み込み、いまさらながらに自分に問うた。

が、すぐに首を振る。

落ち着け。ただ冷たいだけだ。冷凍庫に眠っていた古い食材を捨てただけかもしれない。

良太は、大丈夫、大丈夫、と繰り返すと、ごみ袋の結び目に手をかけた。そして結び目を解き袋の口を広げると、ゆっくりと中に手を突っ込んだ。なるべく何も考えないように。新聞や広告だらけの中身をかき分ける。

すると、すぐに指先に触れるものがあった。見ると、そこには新聞にくるまれた細長い塊があった。

五百ミリリットルのペットボトルくらいだろうか。カチカチに凍った、それは指でつつくとペットボトルでないことはすぐにわかった。もっと固い別の何かだ。

……腕？

新聞にくるまれたままなのでハッキリとはわからなかったが、太さや長さから、良太は肘から手首までの腕の映像を思い浮かべた。

途端に口の中がカラカラに渇いていく。

だが、時計を見ると、すでに一分三十秒が経過。

これ以上時間をかけていられない。

良太は少し震える手で、その腕のような塊を摑んだ。

重たさはそれほどでもないが、持っているとやけに腕がつかれる。力が入らないせいだろう。おまけに氷のように冷たいため、あまり長くは持っていられない。

死体かどうか確かめるには、さっさと新聞をはぎ取る必要があった。

本当に死体だったら、とんでもないものを見ることになる。

良太は呼吸を少し荒くしながらも、新聞紙の端っこを摑んだ、そのときだった。ポケットの中で何かが震えた。携帯だ。驚いて、彼はすぐに片手で携帯を確認した。かけてきたのは先輩だった。

時間？　もう？

知らぬ間に時間が過ぎていたのかと思ったが、時計の表示を見るとまだ二分も経っていなかった。予定よりもずっと早い。

どうして、こんなに早く？

疑問が頭に浮かんだが、そんなこと考えている余裕はない。良太は新聞紙の塊に目をやった。

どうする？　ちょっとだけでも剝がしてみるか？

だが、もし本当に死体の腕だった場合、自分は固まってしまわないだろうか。そんな考えが浮かぶと、すぐに決断できなかった。その間にも時間は過ぎていく。

駄目だ！　もう時間がない！

良太は新聞紙の塊をごみ袋に戻すと、急いで袋の口を結び直した。そして、すぐに立ち上がると外に出ようと門扉まで走り、それに手をかけた。が、その瞬間、良太の身体は硬直した。門扉の向こうには猛ダッシュで駆けてきたらしい、ごみ袋おばさんの姿があった。

ごみ袋おばさんは門扉の外側で仁王立ちしていた。カッと見開かれた目に、きつく結ばれた口元。その表情には先ほどまでの平和なイメージなど欠片《かけら》もなく、もはや憎悪の色さえ漂っていた。

どうして、こんなに早く……？

先輩の合図からもまだ一分ほどしか経ってない。それでどうして、すでに目の前にいるのか。良太の頭の中には疑問符が駆け巡っていた。

「あなた、ここで何してるの？」

黙ったままの良太に、おばさんが穏やかな声で聞いてきた。その表情はいつの間にか微笑みを浮かべたものに変わっていた。

「あ、その……」

つい油断してしまいそうになるが、良太は万が一のために用意しておいた言い訳を口にする。

「すみません。実は僕の持っていたボールが間違っておたくの家に入ってしまって、それでちょっと取らせてもらおうかと思ったんですけど……」

「ボール？　そう。それでボールは見つかったの？」

微笑んだままのおばさんに、良太も努めて笑顔で答える。

「いえ。見つかりませんでした。やっぱりここじゃなかったのかも……」

「あら、まだ見つかってないの？　だったら見つかるまで探してって。遠慮しなくていいわ」

「いえ。すみません。大丈夫ですから。たぶん、この家に入ったと思ったのは勘違いだと思いますから……」

そう言って良太は外に出ようとした。しかし、

「なんだったら、おばさんも一緒に探すわ。ほら。戻って探しましょう」

おばさんは門扉を開けて中に入ると、行く手を阻むようにしながら近づいてきた。

「いえ」と良太は遠慮する。「僕、もう学校に行かないといけないんで。そろそろ失礼させて――」

「何言ってるの。あなた、ボールと学校どっちが大事なの？」

おばさんは良太の言葉を遮って言った。

「いや、学校ですけど……」

「馬鹿言ってないで、早くボールを探しなさい。ほら。きっと、あっちのほうよ」

わけのわからないことを言いながら、おばさんは良太の腕を両手で摑み、強引に庭のほうへと連れて行こうとした。

良太は、ぎょっとして、もう一度逃げようとする。

「あ、大丈夫です。僕、本当に学校のほうが大事なんで。すみませ――」

「駄目よ！　諦めちゃ。若い人は諦めちゃ駄目。いいから来なさい」

立ち位置が入れ替わり、良太のほうが外に近くなる。

だが、どれだけ断っても、おばさんは良太の腕を離そうとしなかった。良太もいつの間にか全力で抵抗していた。

「早くボールを探しましょう」

だが、いくら全力を出しても、おばさんの手が良太の腕から離れる気配はなかった。おばさんの力はとても五十代の女性のそれとは思えなかった。

なんだ、この力は……。

わけがわからぬうちに良太は小林家に引きずり込まれていった。摑まれている腕も痛くなっていく。まるで万力に挟まれているようだ。

「すみません。本当、勘弁してください。僕、学校に行かないといけないんです」

良太は泣きそうになりながら言うが、

「どうして? 大丈夫よ。学校には、わたしが連絡してあげるから。そうだ。あなた喉が渇いてない? お茶を飲んでいくといいわ」

おばさんは微笑みをたたえたまま言い、庭から玄関のほうへ向きを変えた。その前にあったごみ袋を足蹴にして、良太を玄関前に連れて行く。良太の腕から片方だけ手を離すと、その手で玄関のドアを開けた。

「ほら。お上がりなさい」

おばさんの後ろには長方形の黒い大きな穴が開いた。それを見た瞬間、良太は全身の肌が粟立った。

——家の中に入ったきり二度と出てこなかったからね。

脳裏にセールスマンの話が蘇った。良太は自分がいま同じ目に遭おうとしていることを理解した。

「すみません！　お願いします！　手を離してください！」

良太は肩が脱臼するんじゃないかというくらい必死に抵抗した。しかし、おばさんはびくともしない。それどころか徐々に家のほうへと引っ張られていた。

「そういえば最近いいお茶っぱが手に入ったの。凄く元気になれる葉っぱよ」

「すみません！　お願いします！　今日、僕、日直なんです！」

靴の裏をすり減らしながら叫んだ。もう良太はほとんどその場にしゃがみこんでいた。

「大丈夫よ。学校は台風でお休みらしいわ。だから、お茶を飲んでいって。ハンバーグもあるわ——」

よ、と言って、おばさんはさらに、グイっと良太の腕を引っ張った。その瞬間、良太はバランスを崩し、その場に倒れてしまった。

寝そべっているような状態で、ハッ、と顔を上げると、おばさんは言った。

「いらっしゃい」

「ひぃ」

横たわった状態の良太はそのまま家の中へと引きずられて行く。とても抵抗できる体勢ではなかった。

「わああ、やめ――」

だが、そう叫んだときだった。

「へい！　ボールならあっちに転がってたぞ！」

門扉の外から声がした。見ると、それはカラーボールを持った先輩だった。

先輩！

彼女の登場に、おばさんの動きもピタッと止まった。

「何やってんだ。もう学校に行く時間だ。みんな待ってるぞ」

先輩は良太が引きずられていたことなどには触れず、おばさんのことも無視して呼び続けた。おばさんはそんな先輩から目をそらさず、笑顔のまま良太に聞く。

「あれはあなたのお友達？　あのボールを探してたの？」

「は、はい！」

良太は慌てて立ち上がって答えた。

「そうです、友達です！」

「ふうん、名前は？　どこに住んでる子？」

「それは、知りません。友達の友達なんで……」

良太はあらかじめ先輩と打ち合わせしておいた通りに答えた。

「友達の友達？」おばさんは良太のほうを向く。「友達は他にもいるの？　何人？」

「ご、五人です」

「ふうん、そっか」

それだけ言うと、おばさんは良太を摑んでいた手を離し、

「あら、いけない。よく考えたらお茶は昨日切らしてたんだったわ。本当にごめんなさいね」

おほほ、と口元に手をやって謝った。まるでたいしたことなど何もなかったかのようだ。

その態度に、良太は声が裏返りそうになりながらも何とか調子を合わせる。

「い、いえ、大丈夫です。それじゃあ、僕、学校があるんで」

「ええ。勉強頑張ってね。あ、あと、今回は許してあげるけど、もう二度と勝手に人の家に入っちゃ駄目よ」

メッ、とおばさんは良太の額をちょこんと押した。良太は内心、縮み上がりながら

もギリギリ平静を保ち、

「は、はい。もう二度としません。絶対に。必ず。本当に申し訳ありませんでした！」

と深々とお辞儀した。おばさんは満足そうに頷く。

「いいのよ。それじゃあ、さようならね」

「はい。どうも。失礼します」

良太は逃げるように外に向かった。先輩はそれを迎えて、

「よし。学校行くぞ」

とおばさんに聞こえるような大声で言った。

良太は「はい」と答えて、先輩と共に小林家から離れる。

少しして先輩が小声で尋ねてくる。

「大丈夫？　なんか倒れてたけど」

だが、良太はそれには答えることができなかった。身体の芯が震えて、声が出せない。しばらくして先輩が後ろを振り返るような仕草をしてから言う。

「おばさんなら家の中に引っ込んだよ。よかったね。助かって。正直、わたしもビックリしたよ。あのおばさん、いきなりダッシュで走り出したから。警報装置でもついてたのかな？　わたしが侵入したときはなかったけど、良太くんはそれっぽいの見なかった？　……良太くん？」

答えないまま、通りの角を曲がったところで、良太は膝から崩れ落ちた。先輩が何か話していたようだったが、良太の耳には届いていなかった。

いまのは一体、何だったんだ？

止まらない震えの中で、良太はその問いをただ自分に繰り返していた。


「どう？　少しは落ち着いた？」

おばさんから逃れた二時間後。良太は学校には行かず、先輩といつかのコンビニの前にいた。先輩はコーヒーを差し出し、良太はそれを受け取った。

「なんとか……」

「そう。よかった。それにしてもホント、危なかったね。もうちょっとで家の中に引きずり込まれるところだったじゃん。やっぱり備えあれば憂いなしだね」

先輩が言っているのはカラーボールや、いもしない五人の友達のことだ。あれはおばさんに見つかったときに備えて用意した脱出用のシナリオだった。先輩がカラーボールを持っていたのはそのためだ。

「あの……でも、あんな話をおばさんは本当に信じたでしょうか？」

「たぶんね。少なくとも解放されたってことは友達の話のほうはある程度信じたでしょ。なんせ、こっちは名前も住所も不明の人間を含んだ七人のグループだからね。さしものごみ袋おばさんでも手が出せないよ」

　先輩は、うんうん、としきりに頷いた。

「……それは、もう大丈夫ということですか？」

　良太がおずおずと尋ねると、先輩は軽い調子で言う。

「触らぬ神にたたりなし、がこの町で生きるための鉄則だからね。それは殺す側の人間も同じ。揉《も》める意思がない者にはそうそう襲ってこないはずだよ。そこのところはちゃんと伝えたんでしょ？」

「ええ。はい。言われた通り。二度と絶対、必ずしないと誓いました」

　良太が強く言うと、先輩は頷いた。

「だったら、きっと大丈夫。でも、だからって油断はしないで。当分は夜道を一人で歩いたり、人気のないところに行ったりしちゃ駄目だよ？　逆に混雑してるところも駄目。どさくさまぎれに刺される可能性もなくはないから。ああ、あと、下校のときも人に紛れて出るように。とにかく死ぬほど警戒して」

　随分と注意点が多かった。

「あの……本当に大丈夫なんですよね？」

「うん。たぶん。でも用心は大事だから念のためね。それと一応、この二つも渡しておく」

先輩は片手に収まるほどの大きさのスプレーと、くたびれた一冊の本を渡してくれた。良太は小首を傾げた。

「これは？」

「スプレーのほうは催涙スプレー。これがあればまず負けることはないよ。殺人鬼だって所詮は人。距離をとって、捕まらないようにすれば大丈夫。あげるから持っていいよ」

「はあ……」

と頭を下げながら、良太は武器を渡されたことで逆に心の中に余計に不安が渦巻くのを感じた。

「それで、こっちの本は……『怪物の町』？」

本の表紙にそう書かれていた。

「それは国重和夫《くにしげかずお》って人がこの町を舞台にして書いた小説ね。二十年くらい前の自費出版本だからもう手に入らないけど、あかね図書館に寄贈されてるのが一冊あったから。良太くんに見せてあげようと持ってきたんだ」

本には確かにあかね図書館と書かれたシールが貼ってあった。

しかし、なぜ良太にこんな本を見せるのか。

「実はこの小説。あかね町に引っ越してきた主人公がそこら中で人殺しが行われていることに気づいて、なるべく関わらないように生活するっていう内容なのよ。どっかで聞いたことない？」

「それって……」

先輩は頷いた。

「そういうこと。この小説はあかね町が人殺しの町として描かれてるんだよ。しかも小説が終わったあとに、何十ページもかけてあかね町を本当の人殺しの町じゃないかと疑う文章を綴《つづ》ってる。要するに、作者の国重はこの小説の半分はノンフィクションだと言ってるんだよね。どう？　面白くない？」

話を聞くと、この作者は本の中で、人殺しのことを怪物と表現しているらしい。それでタイトルが「怪物の町」なのだそうだ。

ごみ袋おばさんと会ったあとでは、そう呼びたくなる気持ちがよく理解できた。先輩も言っていたが、彼女はまさにモンスターだった。

「もしかして先輩はこの本を読んでから、この町がおかしいと思うようになったんですか？」

先輩はムッとする。

「わたしがパクったって言いたいの？　失敬な。わたしみたいな人間は他にもいるってことだよ。みんながみんな人殺しに無関心でいられるわけじゃないからね。中にはこうして小説にした人間もいたってことだよ」

「先輩の他にも……」

「ハッキリ言ってこの小説、エンターテイメントとしてはつまらないんだけど、この町の真実を知る人間にとっては見といたほうがいい内容になってる。なかでも面白いのは主人公がこんな町ができた原因について調べる部分だね。そこではこの町の歴史について触れられてる。知りたくない？　どうしてこんな町ができたのか」

先輩は良太の顔を覗き込むようにして聞いてきた。それに良太は答えず、ただ手元の本に目を落とした。


その後、先輩と別れた良太は遅れながらも学校に行った。とてもそんな気分ではなかったが、家にいるより安全と言われて行くことにした。

まさか住所を知られているとは思いたくないが、念のため。まず侵入できないという点で確かに学校のほうが安全に思えたのだ。

だが、せっかく学校に来たのに授業はまったく頭に入ってこなかった。

良太は授業中にもかかわらず「怪物の町」を開くと、その内容について、先ほどコンビニの前でした先輩との会話を思い出した。

「あかね町の元になった村は、江戸時代に疫病が流行って全滅寸前だったらしいんだよね。だけど、そのとき村にやってきた武芸者が疫病にかかった人たちを片っ端から殺して回るって事件を起こしたことで、結果的に疫病の流行が止まり、村は助かったって伝承があるみたい。この伝承について、本の主人公は、つまり国重和夫はこう推測している。疫病にかかった村人を殺したのは武芸者ではなく、その疫病にかかった村人の家族だってね」

先輩が話す町の歴史に、良太は眉をひそめる。

「それはつまり、武芸者なんて存在してなかったってことですか？」

「そう。実際には疫病にかかった人間を殺していたのは疫病にかかった村人の家族なんだけど、そんな話、人にはできないから架空の武芸者をでっちあげて、罪悪感やら何やらをいろいろ誤魔化してたってことね。この推測には、わたしも同意する。武芸者に殺された人数は五十人以上で凶行は十数日にわたって続けられたらしいんだけど、一人でそんなにたくさん殺せるわけないし、そんなに何日もかかったなら村人がとっくに止めてると思う。それに何より、武芸者の存在が村人たちにとって、ちょっと都合がよすぎるよね」

確かに、武芸者を鬼とか悪魔に置き換えれば、昔からよく聞く伝承の類だ。

あの手の話はたいてい人のやった酷い行いを隠すために鬼や悪魔が引っ張り出されてるだけだと良太も聞いたことがあった。悪事はすべて悪い武芸者のせいにしたというわけだ。

「ちなみに国重和夫の見つけた資料では、死体の発見についての記述は『ある朝、田《た》吾《ご》作《さく》が起きると、お母が殺されていた』とか、『お父が殺されていた』とか、そんな判で押したような同じ証言ばかりだったみたい。要するに、お決まりの定型文の嘘ってことね。それで物語の主人公も殺したのは家族だと考えてた。まあ、家の中で誰かが殺されてたら、家族が気づかないわけないからね」

当時の家の狭さを考えたら反論の余地はなさそうだった。

「でも、家族を自分の手で殺すなんて随分と非情ですね。村中がグルなら、他の村人に頼みそうなものですけど」

良太は疑問を口にした。

「それについては、きっと村人たちが互いに相談していたわけではないからだって推測されてるね」

「グルなのに、相談してない？」良太は眉根を寄せた。

「そもそもの始まりはたぶん、村人の誰かが自分と家族を守るために、疫病にかかった家族の一人を殺したとか、そんなところだと思う。普通なら、そこでその村人は罰を受けるんだろうけど、この村では他の村人たちもその誰かの真似《まね》していった。自分たちが生き残るために。互いのしたことを見て見ぬふりをしてね」

見て見ぬふり……。

その言葉に、良太は心がざわついた。

「想像してみると、かなり怖い状況だけど、村人は暗黙の了解で、決して『本当はお前が殺した』とは口にしなかった。代わりに『ああ、またあの武芸者だ。今日はうちの妻がやられた』とか、『そっちもか。ウチの爺《じい》さんもだ』とか言って、互いに互いを庇《かば》いあって、村全体で病人を切り捨てていった。たぶん、それがあかね町の歴史。ほとんど国重の推測だけど、当たってそうだと思わない？」

特に殺人を見て見ぬふりをするところがね、と先輩は言った。

「……それがこの町の見て見ぬふり文化のはじまりということですか」

良太は低い声で言った。

「たぶんね。国重は、こんなことがあったなら人殺しを見て見ぬふりする文化のひとつやふたつできてもおかしくないって言ってる。わたしもこの町の現状を見てると、そうかもって思っちゃう」

先輩の妄想話が事実ならその可能性が高そうだ、と良太も思った。

「ちなみに、この村には元々は名前がなくて、この事件の後にあかね村という名前がついたそうだよ。由来は、五十体以上あった病人たちの死体を、村の外れにまとめて埋めていたら、その近くに生えてた木の根っこが赤く染まったからだって小説の中では描かれてる。要するに『あかね』とは赤い根で『赤根』ってこと。この部分は眉唾じゃないかと、わたしは思ってるけど」

確かに木の根っこが血を吸って本当に赤くなるのかは疑問だった。

だが、問題はそこじゃない。問題は、いまの話が本当にあかね町の歴史かどうかだ。

先輩の話では、武芸者による事件の伝承自体は実際に存在しているらしい。

そうなると推測部分について国重本人に話を聞きたいところだが、国重は「怪物の町」を自費出版したひと月後に失踪しているというのだ。そのことについて、先輩は、当然殺されてるだろうね、と語った。

「実は小説の中で主人公が隣人を人殺しと疑う描写があるんだけど、あとがきで作者はこれが実話だと話してる。特定の名前は出してないけど、それでも、その相手を怒らせるには充分だろうからね。十中八九、報復兼口封じで殺されてると思う」

それを裏づけるように国重和夫の失踪後、図書館に寄贈されていた数冊の『怪物の町』は一度すべて盗まれたらしい。いま良太が手にしているのは国重失踪の十数年後に彼の息子が遺品から見つけて再び寄贈したものなのだそうだ。

もしその話が本当なら、確かに国重は殺されてしまっているだろう。

理由は、この町のルールを破ったから。見て見ぬふりをしなかったからだ。

そのことに、良太は少し寒気を覚えた。

下手をしたら自分も同じ目に遭っていたと思うと、とても他人事とは思えない。良太は「怪物の町」を机の中にしまうと、ごみ袋おばさんの顔を思い出し、堪《たま》らず顔を伏せた。

結局、あの人は何だったのか。

肌感覚としては間違いなく殺人鬼だ。まったく話の通じない、殺意の塊のようなあの感じ。ごみ袋おばさんは間違いなく良太のことを殺そうとしていた。

だが、そうなると、先輩の妄想話は本当だったということになるのか？

この町ではそこら中で人殺しが行われ、住人たちはそれを見て見ぬふりをしている。

そんなことが現実にあり得るのだろうか？

良太は頭を抱えた。もう何をどう考えていいのかよくわからなかった。

授業などまったく手につかず、ぐるぐる悩みながら、ただ時間だけが過ぎていく。

気づけば、放課後逃げ込んだ図書室の時計は午後七時を回ろうとしていた。

これ以上は学校にいられない。

三十分後、良太はバスに乗って塾のある、あかね駅前にやって来ていた。

ごみ袋おばさんが待ち伏せたりしていないか、きょろきょろしてから、大通りを駅とは反対のほうへと歩き出す。

空はすでに暗くなっていたが、街の喧騒《けんそう》は良太にいくらかの安心感を与えてくれる。

こんなに人が大勢賑《にぎ》わう中では、さすがのおばさんも襲ってこないはずだからだ。

だが、先輩の話を信じるなら、このすれ違う人々の中にも人殺しがいるのだ。

そのことを思い出すと途端に、また落ち着かない気分になった。

いや、大丈夫。いままで何度も通ってきた道だ。

良太は呼吸を整えると、再び歩きだそうとした、そのときだった。彼はまたすぐに足を止めた。目の前の光景に妙な違和感を覚えたのだ。

何だ？　何かおかしい……？

だが、その正体がわからず周囲を見渡す。

あかね駅前の大通り。その歩道沿いに並ぶ薬局や牛丼屋などの店の数々と、行きかう人々と、その喧騒。そのどこにもおかしなところはないように思えたが、それでも良太の足は動かなかった。彼の中の何かがこの光景はおかしいと告げているのだ。

一体、何が……。

わけのわからない状況に立ち尽くしていると、ふいに町から音が消えていった。まるで凪《なぎ》の状態。その静寂の中に微かな音が混じっていた。

ザッ、ザッ、と、スコップで土を掘るような音。

すぐ近くにある大通り沿いの工事現場からだった。

そこは新しく建つビルの建築現場で、その周りを囲む白い塀の向こうから、確かに土を掘る音がしていた。その音が良太の耳にまとわりつく。

工事ってこんな夜まで続けるものだったっけ？

騒音の問題から商業地ではこんな夜に工事はやらないと聞いたことがあるが、この現場からはいまも音がしてくる。しかもなぜか土を掘る音だ。

どうして土なんて掘ってるんだろう？

その疑問に、良太はどうしようもない胸騒ぎを覚えた。

やがて音は鳴りやみ、しばらくすると、中から若い男が二人出てきた。

なぜか作業着ではなくジャージを着ている。彼らは工事現場前に停《と》められたバンの中に乗り込むと、今度は大きな荷物を持って出てきた。

その荷物に良太は目を剝いた。

黒い袋に入れられた人間大の何か。いや、ぼんやりと浮かぶ輪郭はどう見ても人間のそれだった。

目の前で二人の男が袋に入れられた人間を工事現場へと運んでいく。人が行きかう駅前で。堂々と。その光景に良太はただその場に立ち尽くした。

な、何が……？

しばらくすると再びスコップの音が聞こえてきた。

その音に、ある連想が浮かぶ。

死体を埋めて、いるのか……？

信じられないが、そうとしか思えない。

良太は助けを求めてあたりを見渡した、が、その結果、さらに恐ろしいものを見た。

誰も気にしていない……。

歩道を行きかう人たちの誰一人として、いま目の前で死体が運ばれていたことに気が付いていなかった。スーツ姿のサラリーマンも、自転車に乗った若い男も、ホステス風の若い女も。誰一人騒がず、誰一人立ち止まりもしない。ただ工事現場の前を通り過ぎるだけ。その事実に良太は目まいを覚えた。

こんなに堂々と行われているのに、どうして……？

堪らずよろめくと、後ろを歩いていた人とぶつかった。反射的に振り向くと、また新たな違和感に襲われた。

血の、臭い……？

後ろにいたのはジャンパーを羽織り、無精ひげを生やした中年の男だった。歩道を歩いていた彼はむせかえるような血の臭いを発しながら、良太に構わず通り過ぎて行った。

良太は呆然《ぼうぜん》とそれを目で追った、が、次の瞬間、中年の男の持つビニール袋に目を奪われた。赤い汚れのついたその袋にはタオルと一緒に赤く濡《ぬ》れた包丁が入っていたのだ。

だが、またしてもそれに気づいているのは良太だけのようだった。

工事現場に死体を運び込む男たちに、強い血の臭いを発しながら包丁を持ち歩く男。そんな異常な者たちに誰一人気づかず、一瞥《いちべつ》もくれていない。

その事実に良太は突然、それまでとはまったく違う別の世界にでも放り込まれたような感覚に陥った。

目に映るすべての人が人の皮を被った異質の何かに見え、気づけば、その場から走り出していた。

何なんだ？　何が起きてるんだ？

わけがわからないまま逃げ込んだ先は駅から少し離れたホームセンターだった。明るく、あまり人の多くないところだ。

その出入り口近くの一角で息を切らしていると、そこへカラカラと音をさせたカートが近づいてきた。楽しそうに会話する若いカップルだった。

一瞬、やっと普通の人がいた、と安堵した良太だったが、カートの中を見て目を疑った。

ブルーシートにロープとスコップ。おまけに長靴まで。まるで山に死体でも捨てに行く準備のようだった。しかも彼らは超強力分解酵素入りというポップの貼られた棚から外国製の洗剤を手に取っていた。

「やっぱり、これだよ。テレビで見た現場清掃員が使ってたのがこんなデザインだった」

「ええ？　高くない？　普通に食器用洗剤でいいんじゃない？」

「でも、万が一にも赤い痕なんて残したくないしさあ」

「そりゃそうだけど、これ使うならゴム手袋とかエプロンとかも用意しなきゃいけないんじゃないの？」

「ああ、じゃ、そっちも見に行くか」

洗剤をカートに入れると、二人は別の通路へと去っていった。

その後ろ姿を見送ると、良太は身体を震わせ、泡食って店の出口へ駆け出そうとした、が、そのとき、レジに並ぶ者たちを見て、また、思わず立ち止まった。

スーツを着た三十歳前後のサラリーマンに、年齢不詳の派手な女、ブレザー姿の中学生男子二人。そんな彼らのカートにはことごとく例の外国製洗剤が入っていた。サラリーマンに至っては肉切り包丁まで入れている。

誰も彼もが人を殺そうとしているかのようだった——。

なんで？

そうとしか思えない状況に、良太は怖気《おじけ》づき、固まった。

その脳裏に先輩の言葉が蘇った。

――わたしの目は殺人の痕跡は絶対に見逃さないようにできてるの。

その瞬間、彼は理解した。

まさか、僕も先輩と同じようになっているのか？

それじゃあ、この町は本当に人殺しの――

ひぃい、と気づくと良太は叫び声を上げていた。もはや何も考えられない。完全にパニックに陥った彼はそのまま人殺しの町へと飛び出して行くのだった。

「生還おめでとう。何とか無事に生き延びたね」

一週間ぶりに姿を見せた先輩は開口一番そう言った。

「でも正直、酷い顔だよ？　ご飯食べてる？」

デパートのフードコーナーの一角。顔を覗き込んでくる先輩に、良太は疲れ果てた声で言う。

「教えられていた番号にずっと連絡してたんですけど、通じなくて……」

「ごめん。ごめん。良太くんに知られてちゃ、危ないと思って携帯の番号変えちゃったんだ。良太くんが連絡してくれてたなんて知らなくって。でも安心して。良太くんのことはちゃんと見守ってたから。いや、正確にはおばさんを見守ってたというべきかな」

最後の言葉に、良太は伏せ気味にしていた顔を少し上げた。

「……ごみ袋おばさんですか？」

「そう。この一週間、張り付いてたけど、良太くんのことを調べるような素振りは微塵もなかった。これはもう完全に見逃してくれたと考えていいね。警察が動いてないことはおばさんも理解してるはずだし、まず大丈夫じゃないかな」

先輩は親指を立てて言った。

良太は力なく頷く。

「……そうですか。それはよかったです」

先輩は怪訝《けげん》そうな顔をする。

「あれ？　うれしくないの？　命の危機から脱したんだよ？」

「うれしいですけど……」

「けど？」

「ちょっと他に問題が起きてまして……」

良太はそう前置きして言う。

「実は、僕も、見えるようになったみたいなんです。先輩と同じように、怪しいものが……」

「怪しいもの……？　もしかして良太くんも人殺しに気づけるようになったってこと？」

良太は頷いた。いまの自分の状態はもうそうとしか解釈できなかった。

「先輩と最後に会った日から、次々とおかしなものに気づくようになって……。庭先に硫酸のボトルを置いている家や、真っ赤な足跡を残す猫とか、道に落ちてる人の爪とか、歯とか……。いままでそんなの気にしたことなかったのに、急に目に入ってくるようになって……いまでは、そこら中に人殺しの怪物がいるというのがわかるようになって……」

「へえ、すごい」

良太は悲痛な訴えのつもりだったが、先輩は驚きながらも感心したように言った。

「話を聞く限り、本当に見えるようになったみたいだね。やったね。おめでとう。やっぱり、きっかけはごみ袋おばさん？」

まったく嬉《うれ》しくないが、「たぶん」と頷いた。

「おばさんに腕を掴まれた日の夜からですから。あとは公園での殺人の目撃や統計のデータのことも関係してるのかもしれませんけど」

「なるほど。良太くんは客観的事実と実体験の両方を得ていたわけだもんね。そりゃ、センサーも全開になるか」

先輩はしきりに感心していたが、良太はとてもそんな気分ではなかった。低い声で呟くように言う。

「それより、あらためて確認したいんですが……この町は本当に人殺しの町なんですよね？」

先輩は首肯した。

「いま良太くんの見えている通り。それがこの町の真実だよ」

良太は下を向いた。

「……そうですか。では、これ、見えなくなる方法とかあるんでしょうか？」

「え？　見えたら嫌なの？」

先輩はとても意外そうに言った。

「……当たり前でしょう。そこら中に怪物みたいな人殺しがいると思ったら、気になってまともに生活なんてできません。このままじゃ、僕はどうにかなってしまいますよ」

実際、良太はこの一週間で七キロも体重が減っていた。まるで人喰い鮫《ざめ》の群れに囲まれているかのような、そんな生活に神経をすり減らしていたのだ。だが、

「そんなこと言われても、見えなくなる方法なんてわからないよ」

と先輩は言った。

「……わからないんですか？」

「だって、そんなこと考えたことないし。でも、たぶん、一度泳げるようになった人が二度と金づちには戻れないのと一緒で、見えるようになった人が見えなくなることなんて基本的にないんじゃないかな？」

その言葉に、良太は暗澹《あんたん》たる気持ちになった。

「そんな……二度とですか？」

「だから、たぶんね。よく知らないけど」

先輩の無責任な答えに、良太は気分が悪くなった。

先輩も方法がわからないというなら、この先の人生もずっと、人殺しの怪物に囲まれて生きて行かなければならないのだろうか？

だとしたら、とても正気を保てる気がしなかった。

「まあ、でもさ」と先輩は言う。

「とりあえず見えるようになっちゃったものは仕方ないからさ。ここは見えなくなる方法じゃなくて、見える自分に順応することを考えたほうがいいんじゃないかな。良太くんは嫌がってるようだけど、誰が人殺しかどうか判別できるのは、この町ではむしろ武器だからね。何もわからないより生存率はぐっと上がるよ？」

「……夜、眠れなくなってもですか？」

良太が恨めしい気持ちで言うと、先輩は笑った。

「そんなの慣れだよ。現にわたしは全然眠れる。人殺しっていっても別にわたしたちを狙ってるわけじゃないんだから。そこを理解してれば問題ないよ」

「……そんなので本当に慣れますか？」

「大丈夫。大丈夫。そんなに心配なら、わたしもいろいろ手を貸すって。何と言っても、わたしたちは同じ感覚を共有する仲間だからね」

そう言って先輩は良太の肩をバンバンと叩いた。気のせいでなければ、その顔はどこか嬉しそうだった。


「なんだか随分と顔色が悪くないか？」

後日、良太がだらだら鍋をつついていると、父が言った。久しぶりに家族全員が揃《そろ》った夕食の席でのことだった。

「そうなのよ。ちょっと勉強しすぎじゃないかしらね。お父さんからも何か言ってあげてちょうだい」

母が言うと、父は、うむ、と頷き、息子のほうを見た。

「良太。受験は体力だ。根を詰めても長い目で見ればいいことはない。父さんのときはもっと睡眠時間を計算して――」

「父さん。その話は百回聞いたからいいよ。それより、うちって引っ越しする予定とかないのかな?」

父は意味がわからないという顔をした。

「引っ越し? 越して来たばかりだろ?」

「そうだよ。あんた、いきなり何わけわかんないこと言ってんの?」

姉がいつも通り嚙みついてきた。良太はぼそりと言う。

「……別に。気分転換にいいかと思って」

「気分転換で引っ越し? ついにいかれたの? この家、買ったばかりだよ?」

「ちょっと、ユカリ。人に向かっていかれたなんて言わないの。弟でしょ」

「だって……」

「良太。どうして引っ越したいんだ? 本当に気分転換のためか?」

父が身を乗り出して聞いてきた。怪訝そうな顔をしている。このままだと変に心配されてしまいそうだった。

「いや、ちょっと言ってみただけだよ。ごめん。確かに僕は少し疲れてるみたいだ」

引っ越しの話をしたのは、それが人殺しに囲まれているいまの状況を脱するいちばん有効な方法だと思ったからだ。

だが、それが無理なことは聞く前からわかっていた。

良太は「今日は早めに寝るよ」と告げると、さっさと自室に引っ込んだ。

それからベッドに寝転び、借りたままの「怪物の町」を開いた。そこに何かいい対策が書かれていやしないかと期待したからだ。

だが、そんなものはどこにも書かれていない。代わりに目を引いたのは次の一文だった。


——見て見ぬふりをして生きるか。現実を直視して生きるか。あなたはどちらを選びますか？


最後のページに書かれた問いだ。

それがまるで覚悟を問うているように、良太には感じられた。実際、国重は読者に問うているのかもしれない。

見て見ぬふりをするか。現実を受け入れるか。

良太は溜め息を吐くと、ベッドから上半身を起こした。

問題を解決する術《すべ》はない。ならば現実を受け入れるしかない。あとは覚悟の問題なのだ。

……腹を決めるしかないのか。

良太は呟き、ベッドから立ち上がった。それが、良太が覚悟を決めた瞬間だった。

第二章

十月も終わりに近づくと、頬に当たる風も冷たく感じられるようになってきた。

閉店後のスーパーニシザワの駐車場。そこから良太はスーパーニシザワのごみ箱の前をうろつく太った男をじっと目で追っていた。

太った男はあたりをきょろきょろすると、背負っていたリュックから、白いビニール袋にくるまれた何かを取り出すと、それをごみ箱の中へ放って、そそくさとその場を後にした。

予想通りだ。

良太は太った男が完全に立ち去ったのを確認すると、ごみ箱へと近づき、彼が捨てたものを取り出した。

白いビニール袋にくるまれた四角い何か。

それが何かを確かめるべく、ビニールを引き剥がす。

一体、どんなヤバいものが入っているのか。

緊張しながら中身を確認すると、次に良太は大きく目を見開いた。

これは……。

予想外のものに呆気にとられていると、すぐ後ろから砂利を踏む音がした。

知らぬ間に誰かが近づいて来ていた。

彼は慌てて後ろを振り返った。すると、そこには黒づくめの女性が立っていた。

「中身は何だった？」

その顔を見て、良太はほっと息を吐いた。よく知った顔。

「どうぞ」と手渡すと、女性は受け取った。

「ん？　これって……」

眉をひそめる女性に、良太は笑った。

「はい。エロ本でした」

太った男が捨てていたのは数冊の成人雑誌だった。

一拍空けて、女性は笑い出した。

「エロ本って！　てっきり死体の一部でも捨ててるのかと思ったのに」

「まったくですよ。こっちは寒い中、待ってたのに」

たぶん普通に捨てて、誰かに見られるのが恥ずかしかったんだろう。良太がそう推測を口にすると、女性はさらに笑った。

「だからって、わざわざ夜のスーパーまで捨てに来るなんて、紛らわしい奴だな」

「まあ、でも、物騒なものでなかったのは喜ばしいことですよ。——それより少し寒くなってきました。次の見張りは交代でお願いしますね、先輩」

良太が言うと、その女性——先輩はまだ笑いを堪《こら》えながら指でオーケーのサインを出した。


殺人を目撃した日から四か月後のある日。良太は塾からの道すがら、住宅街で向かいからバケツ一杯に赤い水を入れた女がやってくることに気がついた。

おそらく、あの赤い水は血を普通の水で薄めたものか何かだろう。

ときどきバケツからこぼしているので、それが赤いと気づくことができた。

自分の足にかけられても迷惑なので、さりげなく横にずれて、彼女とすれ違った。

その際、落ち葉が目立つ季節にもかかわらず、彼女が汗をかいているのに気がついた。

きっと遠くから来たか、何往復もしているのだろう。

そこまでして何がしたいのか。一瞬、あとをつけようかとも思ったが、その考えはすぐに打ち消した。思い切り顔を見られている以上、それは危険だ。

良太は女を気にするのをやめ、下を向いてやりすごした。それがあかね町での正しい振る舞い。彼はそれを身につけていた。

やがて目的地が見えてきた。単身者が多く住む、とあるマンション。

良太はその前に立つと携帯を取り出した。

「もしもし、いまから行きます」

それが部屋を訪れる際のルールだ。事前連絡がなければ、インターフォンを鳴らしても無視される。

彼は階段を上がり、三〇二号室へとやって来た。

鍵穴が三つあるドアの前に立ってインターフォンを押し、ドアの覗き穴に向かって目をこする仕草をする。それはココにいるのは自分だけ、脅されて他の誰かを連れてきたわけではないと伝えるサインだ。

少ししてドアが開いた。だが、ドアチェーンはつけたまま。中からは後ろ手に催涙スプレーを構えているはずの女性が姿を見せた。表札は伊藤《いとう》昭造《しょうぞう》となっているが、本当の名前は伊藤みゆきという。それが先輩の名前だった。

「一人で来たね？」と確認すると、先輩はドアチェーンを外して、良太を部屋の中に招き入れた。

良太は軽く頭を下げて、「お邪魔します」と言って入った。

「さあ、食べますか」

部屋に上がったあと、良太はテーブルの上で母の弁当を、先輩は皿に盛ったレトルトカレーを前にしていた。

ベッドの傍にはたくさんのぬいぐるみが置いてある。先輩の意外な趣味だが、よく見るとぬいぐるみの陰でスタンガンが充電され、玄関わきには催涙スプレーがさりげなく置かれている。先輩の警戒心がいかに強いかがわかる部屋だ。

だが、同時にぬいぐるみの多さからは人恋しさも見てとれる、と良太にはそのように思えた。

この四か月。良太は異常に気づけるセンサーを持つ者同士、先輩とよく一緒に過ごしていた。といっても最初は名前も教えてもらえなかったが、二か月も経つと週に何度も遊ぶようになり、いまでは家にまで上げてくれるようになっていた。

一度、警戒心が解けると先輩はとても人懐っこい人だった。

それは元々の性格ではなく、それだけ人恋しかったということだろう。あかね町で生きていくにあたって警戒心を最大限にまで高めていた先輩は深い付き合いができる人間がまったくおらず、人の温もりに飢えていたんじゃないかと思う。

以前、たまたま携帯の履歴が見えてしまったことがあるが、良太以外には北海道にいる先輩のお婆《ばあ》さん（両親は事故死）の番号からしかかかってきていなかった。

大学に話し相手くらいはいるようだが、その人たちともプライベートでの付き合いはなく、地元にもその代わりとなってくれるような人がいないらしい。

このあかね町に来てからというもの、先輩には本当に誰もいなかったということだ。

「それにしても、この前のエロ本男にはまいったね。ちょくちょく監視していた時間を返してほしいよ」

食事が終わると先輩はこの前の太った男について話し出した。

「それは僕も同じですよ。勉強の時間を削って追いかけてたっていうのに。これで大学落ちたら泣くに泣けませんって」

「ははっ。そのとき、あのおデブの家の前にエロ本、積んどいてあげなよ。『スーパーニシザワより』って張り紙してね」

そう言って笑い合うと、そのあとも二人は太った男の「探索」の結果について話し続けた。

「探索」とは先輩のやっていた殺人犯探しのことだ。二人は怪しい人間を見つけては本当に人殺しかどうか調べて確かめるということを繰り返していた。

気になったことは調べずにはいられない二人が揃えば、そうなるのは自然な流れだった。

ただし、先輩が探索をするのは単純に性格の問題だけとは言えなかった。そのいちばんの理由は先輩がはじめてあかね町の異常に気がつくきっかけとなった二年前の事件にあるようだった。

当時、先輩はまだあかね町に出て来て数か月の大学一年生で、町の異常になど何も気づかぬまま駅前のファミレスでアルバイトをしていた。

だが、ある日、よく店に来る安田《やすだ》という主婦の連れている赤ん坊が昨日までの赤ん坊とは顔が違っていることに気がついたのだ。

最初は自分の勘違いかと思ったそうだ。安田が前の赤ん坊と同じ名前で呼んでいたし、一緒にいる主婦仲間たちも何も不審に思っている様子がなかったからだ。

だが、しばらくして絵里《えり》というバイト仲間も同じ疑いを抱いていることがわかった。

それで先輩はやっぱりおかしいと疑いを深めたが、その後の対応を巡っては二人のあいだで意見が割れた。

先輩は二人の意見だけでは確信がないので、このままもう少し様子を見ようと提案した。それに対し、絵里はすぐにでも安田に疑問をぶつけようと主張したのだ。

なるべく穏便に事を進めたい先輩と、事を荒立ててもいいと考えている絵里の議論はまったくの平行戦で、結局、最後は各自の判断で自由に行動するという結論に落ち着いた。

その結果、絵里は数日後には、あかね町からその姿を消すこととなった。

「最後は喧嘩別れみたいな形だったから、わたしは絵里がいなくなったことにしばら

そうだ。

あとで先輩が聞いたところによると、どうやら絵里はいつものように主婦仲間と共にファミレスに来た安田に直球で、赤ん坊が入れ替わっているのはなぜか、と尋ねたそうだ。

だが、赤ん坊が入れ替わっている証拠はなく、主婦仲間も入れ替わってないと主張したため、その場は絵里がいちゃもんをつけただけという体で終わってしまった。

絵里が失踪したのはその二日後のことだった。

そのことを知った先輩はすぐに安田が絵里を殺したんじゃないかと疑ったが、事件性を疑わせるような痕跡は何もなく、警察も失踪と判断していたために、その疑いに確信が持てず、強く主張できなかった。そして、その隙に安田は逃亡するかのようにどこかへと引っ越してしまった。

当然ながら、町の真実を知ったいまの先輩は絵里の失踪が安田の仕業だと確信している。だが、殺人の証拠もなければ、どこにいるかもわからない状況では、いまさら安田を告発することはできない。

絵里の件はもはや先輩にはどうしようもないこととなっていた。

その事実がおそらく先輩に人殺しの探索を行わせている。

赤ん坊が別人だと気づいたとき、先輩はあかね町の住人たちと同じように見て見ぬふりをし、その結果、絵里は一人で殺害されてしまった。

そのことに責任や罪悪感を覚えている先輩は、だから、安田と似たような存在である町の人殺したちを強烈に意識せずにはいられないのだ。

だが、同時に絵里が殺されたことで、先輩の心には町の人殺したちに関わることへの恐怖心も植え付けられていた。

町の人殺しは気になるが、深く関わることは怖いというジレンマ。そのジレンマが人殺しの探索という奇妙な行動を先輩にとらせているのだ、とそう良太は考えていた。

勝手な推測だが、そう間違ってはいないはず。

きっと先輩は安田の代わりに町の人殺したちを捕まえたいと心の底では思っているし、目の前で殺されかけている人がいたらできれば助けたいとも思っている。だからこそ先輩は匿名とはいえ通報を許可したり、良太を助けてくれたりもしたのだ。

そう考えればスタンガンのことも本気で良太のことを守ろうとした結果だということがわかる。だから、いまさらそのことで先輩に対する恐怖などはない。あるのは純粋な感謝と強い親しみだった。

「あっと、もうそろそろ帰らないと」

気づけば、時計の針はすでに十時を回っていた。良太は立ち上がる。

実は先輩のことは誰にも話していない。先輩があかね町の住人を警戒しているからだ。

そのため先輩に会う時間は塾をうまく利用して誤魔化していた。早めに塾を出ることで友田たち塾の友人には家に帰ったと思わせ、家族にはまだ塾にいると思わせている。そうして誰にも気づかれない時間を捻出しているのだ。

だからこそ塾からの帰宅時間として不自然ではない十時半までには家に戻っておく必要があった。

良太は帰り支度をして玄関で靴を履くと、先輩のほうを振り返った。

「じゃあ、僕はもう帰りますけど——先輩」

「何？」

先輩は見送るように玄関前に立っていた。

「いま思ったんですけど、そういえば、いつも僕が先輩の家に来るばっかりですよね。たまには先輩のほうが僕の家に来てくださいよ」

良太が言うと、先輩は半笑いになった。

「何言ってるの？　良太くんの家族がいるでしょ？」

「ええ。だから僕の家族と一緒に食事しませんか？」

その言葉で先輩はますます不可解そうにした。

「どういうこと？　一体、わたしはどんな立場で行けばいいの？　意味わかんないいんだけど」

良太は考えながら言う。

「立場ですか。そうですね。それなら、僕の彼女として、というのはどうですか？」

「は？」

目が点になっている先輩に、良太は続けた。

「僕の彼女として家に来るんです。どうです？　嫌ですか？」

先輩はしばらく目をぱちくりさせていた。だが、良太が本気だと察したのか、先輩はふいに、ふっと笑った。

「いきなり家族との食事か。酷い誘い文句ね」

良太は慌てる。

「いや、先輩にはもっと知り合いが必要だと思っただけで、別にそこはそんなに重要ではないんですけど――」

「わかったよ」

「え？」

「じゃあ、いずれそのうちね」

先輩が言うと、良太は一瞬間を空けて、ガッツポーズした。予想はしていたが、やはり先輩も良太のことを悪くは思ってなかったようだ。

「でも、まずは大学合格だよ。彼女ができて受験失敗じゃ、わたしの立場がないからね」

「わかってます。必ず合格しますよ」

そう言って先輩の家を後にすると、良太は上機嫌であかね町の夜道を歩いて帰った。途中でまたバケツの女と出くわしたが、そんなの意に介さず笑顔のままその横を通り過ぎるのだった。

数日後。塾の自習室で、良太はせわしなくペンを動かしていた。ただでさえ先輩との時間を作らなければならないうえ、絶対大学を落ちるわけにはいかない理由ができたからだ。

だが、休憩の際、鞄からお茶のペットボトルを出そうとしたとき、ふとブックカバーがかけられた一冊の本が目に入った。「怪物の町」だ。

彼は少し迷ってから、その本を手に取った。すでに何度も読み返しているが、ひとつずっと気になっていることがあったのだ。

それはなぜ、あかね町で人殺しが増えるのかということだ。

疫病の事件で見て見ぬふりの文化が生まれたというのはわからないでもないが、それでどうして人殺しが増えることになるのか。

その疑問に対して国重は、見て見ぬふりという皆の無関心さが人を殺しやすい環境を作り出しているからではないかと、先輩と似たような推測をしていた（というより、元ネタか？）。

要するに、人を殺しても見過ごしてもらえそうな環境だから、本当に殺そうとする人間があらわれるということだ。

例えば、万引き犯は、盗んでもばれないような状況に遭遇し、魔が差すことで万引きを始めるきっかけになることが多いのだという。

また、割れ窓理論なるものによれば、町の割れた窓を放置していると、他の窓も割られやすくなり（すでに一枚割られているんだから、もう一枚割ってもいいかと思うらしい）、町全体が荒廃していくことになるのだという。

ならば、あかね町も人殺しを放置していることで、さらなる人殺しが起きやすくなっているのではないか。そう国重は語っていた。

住人たちの無関心さが人を殺しやすい環境となり、実際に起きた殺人まで放置することで、さらに人を殺しても大丈夫かと思わせてしまう環境となっていく。そんな負のスパイラルのせいであかね町は人殺しだらけの町になったというのだ。

無論、そうした考え方をそのまま人殺しにまで適用していいのか疑問もあるが、都市部にあるような人々の無関心さが犯罪を助長するという話は昔からよく言われていることだ。
　であれば、あかね町の環境によって殺人が助長されることは充分に考えらえること
なのかもしれなかった。
　そこまでは良太もそれほど異論はなかった。
　だが、国重によれば、あかね町の外から来た人間も、見て見ぬふりの文化には一週
間とかからず順応し、それが人殺しの町を維持する要因のひとつになっているという
のだ。
　その点が良太にはどうにも納得がいかなかった。
　確かに、外から来た人間が騒げばこんな文化はすぐに崩壊するし、実際良太も先輩
と出会うまで完全に染まっていた。
　だが、それにしてもたった一週間で染まるというのはいくら何でも早過ぎはしない
だろうか?
　仮に染まるというなら、なぜそんなに簡単に染まってしまうのか。
　その疑問が良太にはとても重要なことのように思え、何度も本をめくってしまうの
だ。
　だが、残念ながらそのことについては本の中で何の言及もされていなかった。どう
やら国重もその理由はわかっていなかったようだが——

はたと気づくと、すでに十五分以上が経過していた。

良太は「怪物の町」を鞄にしまうと、再び勉強に戻った。

先ほどまでの疑問は頭から追い出し、目の前の問題に集中する。

そうして予定の課題を片付けると、帰り支度を整える。

時刻は八時十五分。予定より遅れているが、今日は先輩の家に行く日なのだ。

「辻浦、もう帰るの？」

良太が立ち上がると、近くの席に座っていた花沢が顔を上げた。

「あれ？　もう十一月だってのに随分余裕だな。ギリギリB判定」

友田も言ってきた。この前の模試でA判定をとってからというもの、彼は事あるごとに良太のことをそう呼んでいた。

「いまいち集中できないから、残りは家でするんだよ、まぐれA判定」

良太は言い返すと、「誰がまぐれだ」と文句を言う友田を無視して、さっさと塾を後にした。

そのままバスターミナルへと、あかね駅前大通りを行く。以前にはじめて殺人犯たちの存在に気づいたところだ。

いまは視界に怪しい人間は見当たらないが、それでもポケットの中の催涙スプレーと、ブレザーで隠すように腰にさした特殊警棒の位置を確認する。

これはここを通るときの癖だ。安全とは限らない場所を歩くときは常に武器の位置を確認するのが癖になっていた。

ちなみに武器のチョイスは先輩に勧められたものだ。

スタンガンがいいかと尋ねた良太に、先輩は言った。

「スタンガンは補助と脅し用だよ。わたしも基本は催涙スプレーと警棒を使ってる。使い勝手がいいからね」

確かにスタンガンは相手に接近しないと使えない点が少し怖い。警棒タイプもあるらしいが、結構大きく持ち運びが大変だ。そう考えると催涙スプレーと警棒のほうが使い勝手がいいというのはわかる気がした。

また先輩曰く、武器は威力よりも、いざというとき躊躇《ちゅうちょ》なく使えることが重要らしい。その点でもその二つは条件に当てはまる。思い切り使っても相手を死なせてしまうリスクが低いからだ。

人を殺してしまうかもしれないというリスクは良太のように良心を持つ人間には武器の使用を躊躇させる。それではいざと言うとき、困るのだ。

無論、警棒だって頭を殴れば危険だが、ナイフなどの刃物よりははるかに気分が楽だと言える。あくまで自分を守るための武器なら、これがベストな組み合わせではないかと、良太も考えていた。

「まあ、結局いちばん大事なのは警戒を怠らない心構えなんだけどね」

その先輩の忠告通り、良太は歩きながらも周囲に気を張り続けた。

いつもなら、ただのとりこし苦労で終わる習慣的なチェックだ。

だが、この日は様子が違った。ふと振り返ったとき、目の端に何か動くものを捉えたのだ。

いま、誰か隠れた？

後方四十メートルほどか。良太が振り返ったのに反応して、誰かが、サッと横道に隠れた気がした。じっとその横道のほうを見つめる。

もしかして尾行されてたのか？

ただの気のせいかもしれなかったが、ここはあかね町だ。警戒するに越したことはない。良太は下手に後を追うことはせず、代わりに尾行できないよう曲がり角をいくつも曲がって、その場から離れた。

もちろん先輩の家に行くのは中止だ。先輩の家に尾行者を連れて行くことはできない。

良太は尾行されていないか、さんざん確かめてから注意して自宅へと戻った。

気のせいならこれで、すべて終わりだ。だが、このあと良太はこの人殺しの町で、何度も塾帰りに尾行されることになるのだった。

十一月十六日。夜の七時半過ぎ。良太は先輩の家に行くときのパターン通り、自習室での勉強を早めに切り上げると、塾からバスターミナルへ、あかね駅前大通りを歩いて進んだ。

前を向きつつ全神経を後ろに向けながらの歩行だ。

車道沿いにはホームセンターで買ったと思《おぼ》しき新品の死体袋を車から降ろしている男がいたが、今日はそんな奴はどうでもいい。良太の全神経はきっといまも良太を尾行しているであろう、何者かに対して向けられていた。

基本は前を向いたまま、時折横を向くふりをして、目の端で後方をチェックする。といっても目の端じゃ、ほとんど何もわからないので、それを何度か繰り返す。すると、やがて良太が横を向くたびに、反応する影がいるのに気がついた。

誰かがいるってことしかわからないが、尾行されているのは間違いなかった。

良太は心の中で、今日も来たな、と呟くと、後ろを振り返りたい衝動を抑えつつ、自然な動きで前を向いた。先輩の携帯に電話をかける。

「良太です。準備はいいですか?」

「こっちはオーケー。いつでもどうぞ」

「では、いまから行きます」

良太は携帯をしまうと、決して振り返ることなく、先輩が待ち構える駅前のデパートに向かった。そこに尾行者をおびき寄せているのだ。

「それで尾行されてるっていうのは確かなの？」

二日前。尾行について携帯越しに相談すると、先輩は言った。

「今日で三度目ですから間違いないと思います。下手な尾行なんで何とか気づけましたけど」

「……下手なんだ。なのに顔を確認できなかったの？」

棘《とげ》のある言葉に、良太は言い訳する。

「いや、下手くそではありますけど、結構距離をとっていましたし、振り向くとすぐにサッと逃げるんですよ。あれじゃあ、顔を判別するのは不可能です」

「でも、振り向かずに見るやり方教えたでしょ？」

「そんな無茶な、あんなの先輩にしかできませんよ」

先輩は横を向いたときや道を曲がったときに後ろにいる人たちの顔を覚えたり、店のウィンドウやカーブミラー越しに後ろを確認することができるのだ。

すべては一瞬で、本当にできるのかと疑いたくなるが、以前、実際に振り返ることなく後ろにいる人たちの人相を言い当ててみせたのだから、信じるより他にない。

元々の才能か、あかね町という環境のせいか。どちらかは知らないが、殺人犯たちとは違った意味で先輩もまた普通ではなかった。

「だったら尾行者について心当たりはないの？」

その問いに、良太は少し言いづらそうにする。

「それが、あるにはあるんですけど……」

「あるの？　誰よ？」

「その……たぶん、僕たちが探索した人殺しの中の誰かじゃないかと」

数秒間が空く。

「探索の？　どういうこと？」

先輩の声が緊張感を帯びていた。当然だ。殺人犯に尾行されるということは、命が狙われているかもしれないということなのだ。

「尾行については僕なりに考えたんですけど、やっぱり僕個人には尾行される覚えがないですし、尾行されるのはいつも塾から先輩の家に向かおうとしているときだけなんです。これって僕だけでなく、僕と先輩の二人が狙われてるってことですよね？」

だとしたら尾行者は探索した人殺したちの中にいるとしか思えない。良太と先輩の繋がりを知るタイミングは探索のときくらいしかないはずだ、と良太は伝えた。

先輩は「……なるほど」と重苦しく言った。

「確かに、わたしと良太くんの繋がりなんて誰も知らないはずだもんね。知っているとしたら、わたしたちの探索に気づいた可能性のある人殺しどもくらいってことか」

良太が「はい」と答えると、先輩は唸った。

「でも、それならどうしてわたしは尾行されてないの？　良太くんに気づかれるような奴にわたしが気づかないはずないと思うけど」

確かに。先輩に気づかれずに尾行するなんてＣＩＡみたいなプロでないとまず無理だ。まして良太にも気づかれるような奴にそんなことできるわけがなかった。

「それはたぶん、僕のことは知っていても、先輩がどこの誰かはわからないからじゃないですか？　探索者が二人なのは気づいているけど、身元がわかっているのは僕だけ。だから、とりあえず僕を尾行して、先輩の居所を突き止めようとしてるんですよ」

殺人に気づかれたと思った人殺しが、口封じのために良太と先輩の二人をまとめて殺そうと狙っている――。それが良太の考えるもっとも自然な答えだった。

「でも、わたしたちの探索が気づかれてたなんて、そんなはずないと思うんだけどねえ」

先輩は納得いってない様子で言う。

「まあ、犯人がごみ袋おばさんなら可能性はあると思うんだけど……」

「え、ごみ袋おばさん、ですか？」

良太は思わず声が上擦った。ごみ袋おばさんはいまだに良太のトラウマだ。名前を聞いただけで心臓が縮み上がりそうになった。

「そう。ごみ袋おばさんなら、わたしたち二人が疑ってることも知ってるでしょ？　というより、わたしたち二人の繋がりを知る人間はごみ袋おばさんくらいしかいないわけだし」

「いや、だとしたら、なんでいまさら？　時間が空きすぎてると思いますけど……」

「そうなんだよね。あれからもう五か月だし。いまさら感はあるね」

先輩はあっさり引き下がった。

「で、ですよね？　おばさんがいまさら僕らを狙う理由はないはずです。犯人は別の殺人犯だと思います」

良太が希望を込めて言うと、先輩はまた唸り声を上げて言った。

「まあ、携帯越しにごちゃごちゃ話したところで尾行者が誰かなんてわからないか。そんな暇があるなら、こちらから仕掛けたほうが効率的かな」

「……仕掛ける？　何をですか？」

良太が聞くと、先輩はすぐに答えた。

「もちろん罠《わな》を、だよ」

こうして良太と先輩は尾行者に対して罠を仕掛けることになった。

良太が尾行者を引き連れて駅前にあるデパートのホールへと行き、吹き抜けとなっている二階部分から先輩が尾行者の顔を確認する。そんな尾行者の素性を確かめることを優先するシンプルな罠だ。

だが、シンプルな分だけ成功する確率は高いはずだ。

事実、尾行が始まって五分ほど。すでに良太はデパートの中にまでやって来ていた。

これまでは良太が後ろを振り返ったことで尾行者を警戒させてしまっていたので、今回は決して後ろを振り返ることのないよう気をつけながら進んでいく。ゆっくりと。自然に。ペースを一定に保ったまま歩き続ける。

すると、しばらくしてデパート中央付近にある吹き抜けのホールが見えてきた。

良太はほとんど首を動かさず、目だけで二階に先輩がいることを確認する。尾行者がいるあいだは先輩の家に行くわけにはいかないので久しぶりの先輩だ。

先輩も良太を見つけたようで小さく頷いてみせた。

気持ちを引き締め直し、淀みなくホールの中を突き進んでいく。

ホールの中には鏡の類は何もないので後ろを確認することはできなかったが、尾行者がついてきていることには自信があった。この尾行者は警戒心こそ強いが、それほど賢い印象はなく、とても罠に気づいているとは思えないからだ。

すでにホールの中央は通り過ぎた。そろそろ尾行者の姿が先輩の視界にも入った頃だろう。

一体、どの人殺しが良太を尾行していたのか。

いますぐ確認したいところだが、あくまで振り返ることなく、ものの十数秒で良太はホールを通り抜けた。

これで作戦は終了だ。あとは先輩が顔を確認できたかどうか。

もし失敗したなら、もう一度デパートの中を回って、このホールに戻り、リトライしなければならない。その確認のためにも良太は先輩の携帯にかけた。

だが、どういうわけか先輩はなかなか携帯に出なかった。このタイミングでかけることはあらかじめ決めてあったのに、なぜかいくら呼び出しても応答がない。

やがて良太が不安を覚え始めた頃、ようやく先輩の携帯に繋がった。

急《せ》く気持ちを抑えつつ、落ち着いた声で尋ねる。

「先輩……。どうでした？」

後ろに尾行者がいることを考慮して、ハッキリとした単語は口にしない。

それでも先輩には充分に意味がわかるはずだった。尾行者の顔は確認できましたかと聞いていることに。

しかし、携帯から聞こえてきた先輩の言葉は、良太の予想とは大きく異なるものだった。

「本当に尾行者はいなかったんですか？」

一時間後。駅から少し離れたファストフード店で良太が確認すると、先輩は迷いなく頷いた。

「何度も確認したんだから間違いない。良太くんをつけている人間なんて誰もいなかったよ」

携帯で尾行者が確認できないと告げられたあとも、良太は二回、吹き抜けのホールを通ったが、それでも先輩は尾行者を確認できないと言った。

それだけやってなお見つからないなら先輩の見落としとは考えづらい。

「おかしいですね。どうしてうまくいかなかったんでしょう？」

「まあ、普通に考えれば途中で罠だと気づかれたか、さもなきゃ、尾行者なんてはじめからいなかったってことかな」

「はじめから？　全部、僕の勘違いだったっていうんですか？」

良太が聞き返すと、先輩は腕を組んでこともなげに言う。

「警戒しすぎると普通のことまで怪しく思えるっていうのはよくあるからね」

「そんな、まさか……。あれは勘違いなんかじゃなかったと思うんですけど……」

今日のことはともかく、前回までの三回は確かにサッと動く影があったのだ。三回もそんなことがあって勘違いとは思えなかった。

「でも、とりあえず勘違いの可能性もあるなら、しばらくは様子見にしておこうか。次があったら、またそのとき考えようよ」

「次？」

良太は耳を疑った。

「僕らは町の人殺しに狙われてるかもしれないんですよ？　それはいくら何でも悠長過ぎませんか？」

「でも、人殺し連中は良太くんがいつわたしの家に来るかなんて、そもそもわかりっこないからね。それとも良太くんは誰かに話した覚えでもあるの？」

「いや。僕は誰にも話してませんけど……」

「だよね？　わたしも誰にも話してない。だったら、やっぱり人殺し連中とは考えづらいってことじゃないかな？」

「でも……」

「人殺し連中でないなら、とりあえずは心配いらないよ。とにかく、また尾行があったときのことは考えておくから。今日はとりあえず解散ね」

「え？」

良太はまだ話し合うべきだと訴えたが、先輩は半ば強制的に話を終わらせて、さっさと家に帰ってしまった。

その先輩らしからぬ態度に、良太は呆気にとられた。

いつもはもっと警戒心の強い先輩がこんなにあっさり引き下がるなんて……。

何だか狐《きつね》につままれた気分だったが、先輩がそんな態度ではどうにもならない。

良太もとりあえず帰宅し、その日はただ次の尾行に備えるだけに留まった。


そして三日後、先輩が姿を消した。


まだ返信がない……。どうしたんだ？

午後七時。もうすぐ授業が始まる塾の教室で、良太は眉間にしわを寄せた。先輩と連絡が取れないのだ。

最後に連絡を取ったのは昼の十二時ごろ。その段階では携帯で先輩と話すことができたが、そのあとはいくら連絡を取ろうとしても応答なし。あらゆる通信手段で呼びかけても何の反応もなかった。

まさか何かあったのか……？

普段なら七時間連絡が取れないくらいどうってことないけど、いまは尾行の件で密に連絡を取り合うことになっていたのだ。

いくら先輩が尾行者の存在に対して否定的でも、この手のルールを先輩が疎《おろそ》かにす

ると は考えづらい。

良太は携帯を取り出すと、仕方ない、と「カレプレ」を起動させた。

「カレプレ」というのはGPS検索で人の携帯がどこにあるか教えてくれる携帯アプリのことだ。事前に持ち主に許可をもらって登録していれば、いつでも対象の携帯の場所がわかるようになっていて、良太と先輩はいざというときに互いの居場所がわかるよう許可を出し合っていた。

「カレプレ」の検索結果が表示される。

それを見た瞬間、良太はさらに顔を険しくした。

ここは……先輩の家?

「カレプレ」によると先輩の携帯は先輩の家にあるとのことだった。しかも過去二十四時間の移動記録を見ても、先輩の携帯は昨夜の九時から一歩も自宅を出ていない。にもかかわらず先輩は何の連絡も返してきていないのだ。先輩の行動としては、これは少し異常だった。

連絡できるのに連絡しないなんて先輩らしくない。

やっぱり何かあったんじゃ……。

そんな疑念で頭が一杯になると、良太は携帯を仕舞い、急いで帰り支度を始めた。

先輩のマンションに向かうためだ。

「あれ？　辻浦？　もう授業、始まるよ？」

教室を出ようとしたところで、花沢と出くわした。後ろには友田もいて、怪訝そうにする。

「もしかして、今日も帰る気か？」

「ああ。体調不良だ。じゃあな」

良太はそれだけ言うと二人の横をすり抜けて、あわただしく教室を出て行った。いまは一刻も早く先輩の安否を確認することが重要だった。

一応、尾行を気にしつつ、バスに乗って先輩の家へ。本来は尾行の可能性があるときは先輩の家には近づくべきではないが、いまはそんな状況ではない。

良太は最低限の警戒だけして、三十分後には先輩のマンションへと辿り着いた。

いつもの手順を繰り返して、部屋の前に立つ。だが、やはりいずれの手順にも応答はなし。「カレプレ」は相変わらず中に先輩がいると告げているにもかかわらず、だ。

それでますます不安になった良太は何とか中に入れないかと、ドアノブを取って、回してみた。すると驚くべきことにドアには鍵がかかっておらず、簡単にドアが開いてしまった。

先輩なら絶対にありえないことだ。

先輩なら自宅にいようと、何だろうと絶対に家の鍵はかける。

それが開けっ放しということは――

ついに決定的ともいえる事態に遭遇し、良太は息を吞んだ。急いで特殊警棒と催涙スプレーを構える。

「カレプレ」はいまも先輩が中にいることを告げている。

良太は大きく息を吐くと、ドアを開け広げ、ゆっくりと玄関の中に入った。

「先輩。良太です。家にいますか？」

呼びかけたが返事はない。ただ携帯をかけると、微《かす》かに奥のほうからマナーモードと思われる振動音が聞こえ始めた。少なくとも携帯は部屋の奥にあるらしい。

良太はもう一度呼びかけるが、返事がなかったので土足で家に上がり込んだ。

それから玄関傍にある警報装置のパネルを見る。先輩は窓や扉に異常があると警報が鳴る装置を自宅に設置しているのだが、いま、そのスイッチが在宅時でも外出時の設定でもなく、完全にオフにされていた。

先輩ならそんなことはしないので、やはり侵入者がいるのは間違いないらしい。思えば、玄関の靴の並びも少し乱れていた。

良太は焦燥感を募らせ、部屋のすべてをあらためていく。浴室、トイレ、押し入れ、果ては冷蔵庫の中まで。順番にすべてを確認していった。

だが、どこからも人の姿は見当たらなかった。侵入者も。先輩さえも見つからない。

結局、良太以外、この部屋には誰もいないようだった。

警棒とスプレーを仕舞うと、よく弁当を食べていたテーブルに目を向ける。その下に先輩の携帯があった。それを拾い上げて部屋の中を見渡す。

一体、これはどういう状況なのか？

ベッドの近くには先輩がいつも持ち歩いているスタンガンが充電器にセットされていた。これは先輩がいま家にいることを示唆しているが、現実に先輩は家にはおらず、代わりに警報装置のスイッチが切られて、玄関のドアが開けっ放しになっていた。まるで先輩の在宅時に何者かがやってきて先輩をどこかに連れていってしまったかのようだ、と良太は思った。

争った形跡がないことから、この場で殺されたなんてことはないはずだが、自分の意思で外出したなら携帯とスタンガンが家の中にあるのはおかしい。

やはり良太を尾行していた町の人殺しの誰かがついに先輩の家を見つけて、先輩を連れ去ったということではないのか。

だが、どうやって？

先輩の自宅を突き止めた方法もわからないが、突き止めたところで、この家のセキュリティを突破するのは難しい。そもそもドアの鍵にはこじ開けた様子はなかったし、先ほど言ったように家の中に争った痕跡がない。強引に侵入してきたとは考えづらいのだ。

いや、何にせよ、誰かに連れ去られたのはほぼ間違いない。

それもタイミングからして犯人は十中八九、尾行者。つまり町の人殺しの可能性が高かった。

もしそうなら一刻も早く助け出さないと……。

良太は携帯を取り出した。

人殺したちの中に犯人がいるなら、その候補は三十人以上。良太が接近したことのある探索対象だけに絞っても、それだけの人数がいるのだ。

そのすべてを良太一人でどうにかするなんてできない。ここは警察に通報して先輩を探してもらうより他になかった。

もはや生き残るための鉄則などと言ってる場合じゃない。先輩がいまにも殺されようとしているかもしれないのだ。

良太は一一〇番を押そうとした。

だが、直前で止めた。何と説明していいかわからなかったからだ。

「この町には三十人以上の殺人犯が野放しになっていて、その一人が知り合いを誘拐しました。いますぐその全員の家や別荘を調べてください」

こんな通報を警察が真に受けるだろうか？

仮に真に受けたところで人の敷地を調べるには裁判所の許可が必要なはずだ。

三十人分の許可なんて絶対に下りるはずがない。むしろ良太のほうが事情を聴かせろと長時間拘束されることになりかねない。一刻も早く先輩を助け出さなければいけない状況で、それは致命的だった。

しかし、ならば一体どうすれば……。

絶望が心を覆いつくそうとした。

そのとき、ふいに思い出した。

「わたしがピンチになったらよろしくね」

それは「カレプレ」の許可を出し合ったときに、先輩が良太に言った台詞《せりふ》だった。

良太は先輩の家に来るとき携帯の電源を切るが、それは「カレプレ」で家族に居場所を知られないためだ。良太は万が一のことを考え、「カレプレ」の許可を家族にも出しているのだ。

だが、先輩にはそんな相手は良太しかいない。

先輩を助けられるのは良太だけなのだ。

そうだ。今度は僕が先輩を助けるんだ……。

良太は覚悟を決めると、充電器にセットされていたスタンガンや、玄関わきの催涙スプレーなど武器を片っ端から鞄に詰めた。

こうなったら三十人だろうが何だろうが、僕が相手をするしかない。

良太は町の怪物たちへの恐怖を抑え込み、せっせと先輩を助ける準備を進めるのだった。


先輩の部屋を出ると、良太は着替えをするために一端、自宅へ戻った。時間は惜しいが、制服のままでは行動を制限されて先輩の救出に支障をきたす。

なので、ここは必要な時間と割り切って、ただ着替えるだけでなく考えられる限りの道具を準備し、母にも友田の家に泊まると嘘をついて、鞄もリュックに変更した。

これでだいぶ動きやすくなったはずだ。

良太は準備を終えると、こっそりと家を出て、最初の目的地に向け、バスに乗り込んだ。

最後尾の席でリュックから一冊のノートを取り出す。それは先輩の家から持ち出したノートだった。

先輩は自分が助けると決めたあと、良太がまずしたことは先輩の携帯の中身を確認することだった。何か手がかりがあるかもしれないと思ってのことだったが、良太からの履歴があるだけで新しい情報は何も得られず、代わりに部屋を探して見つけたのがこのノートだった。

これには先輩が探索した人殺したちの記録が書かれていた。

その探索対象のどこが怪しいのかその詳細と、そこから予想される犯罪の内容、そして、その対象の名前や住所などだ。

ただし、名前などはそのまま書いたりせず「ふっくん」、「ボクサー野郎」、「ＹＤ」というような表現を使って事情を知らない者にはわからないようになっていた。

だが、良太にはすべて問題なく読むことができた。内容は先輩から聞かされていたものばかりだったからだ。

そんな新しい情報が特に見当たらなそうなノートだったが、パラパラとページをめくることで気がつくことがあった。

それは良太が探索したことのある町の人殺したち三十人以上、正確には三十六人全員を相手にする必要はないということだ。

考えてみれば当然で、三十六人の中には老人や既にあかね町から引っ越した（逃亡した）者なども少なからずいる。また良太の顔を知りうる可能性があったかどうかなどの条件を加えれば、さらに的を絞ることができる。

その結果、良太は犯人候補を六人にまで減らすことに成功した。

一人で探すにはまだ多いが、怪しい順に探していけば全員を相手にすることにはならないだろう。うまくすれば一人目か、二人目。二、三時間のうちに先輩を助けることも可能なはずだ。

とはいえ、この予想が当たっているという保証もない。

その場合のことを考えて、良太は携帯を取り出し、姉の番号に電話をかけた。一緒にいるはずの健一にすべての事情を話して協力してもらおうと考えたからだ。

現在、健一は姉と遅すぎる夏休みで京都に旅行に行っている。

そのため本人が直接良太を助けることは不可能ではあるが、同僚である他の警察官に頼んでもらい三十六人の犯人候補のうち、何人かの様子を見てもらうことくらいはできないだろうか、と良太は考えたのだ。

もちろん、いきなり三十六人の殺人犯なんて言っても、健一だってすぐには信じてくれないとは思うが、普通にただ通報するよりは、はるかに可能性は高いだろう。

また、仮にそれが無理でも、どのみち良太の状況を知っている人間は必要だ。それが警察官なら文句もない。これ以上の人選はなかった。

だが、先ほどからいくらかけても姉が携帯に出てくれない。

これでは健一にも事情が伝えられない。

困った良太は「健一さんに見せてくれ」と添えて、すべての事情を書いたメールを姉に対して送ることにした。

それを姉が健一に見せてくれる保証はないが、いまはこれ以上の方法が思い浮かばない。

良太はメールの件名に「緊急事態」と書くと、祈る思いで送信した。

これで事前にすべきことはすべてした。

あとは実際に怪物の棲《す》み処《か》に忍び込むだけだ。

午後八時四十分。バスが目的地へと辿り着くと、良太は深く息を吐き出した。

気を抜くと、全身が震え出してしまいそうだった。

だが、先輩の顔を思い出し、その震えを無理やり止める。

まずは一人目。

長い夜の始まりだった。


町はずれにあるそのトタン張りの町工場は月に数回だけ明かりのつくことがあった。

普段は真っ暗でまったく稼働している気配がないのだが、月に数回、大学生風の男が車で敷地内に入っていくときだけ、ぼんやりと明かりが漏れ出していた。

一体、何が行われているのか。

前に先輩と中を覗こうとしたことがあるのだが、近づいただけでツンとした臭いがしたため断念した。危険な薬品が使われている恐れがあったからだ。

「もしかしたらフッ化水素酸を使ってるのかも……。もしそうなら下手にこの工場を調べるのはやめたほうがいいかもね」

フッ化水素酸とはフッ化水素の水溶液で、人の身体を骨まで溶かす強力な毒物のことだ。気体の状態でも有害で、この工場から漂ってきたような刺激臭がするらしい。それで先輩もピンと来たようだ。あかね町で薬品とくれば死体処理に違いない、と。無論、そうでない可能性も充分に考えられる。だが、もしそうだった場合、ここは死体処理工場だ。そんなところに捕まっていたなら先輩の命は長くない。それで真っ先にここへ調べに来たというわけだ。

大学生風の男の身元はわかっていて、そいつには他に人を監禁できるような場所はないこともわかっている。

だから、いるとしたらここ。この、すぐに人が溶かされてしまう場所なのだ。

だが、それも取り越し苦労だったのか、今夜この工場には明かりはついておらず、近づいても刺激臭はしてこない。これなら先輩がすでに溶かされたあとという心配はなさそうだった。

だが、ここに捕まっている可能性はまだある。

良太は壁際にある赤錆《あかさび》だらけのドラム缶に乗ると、汚れた窓ガラスを割って工場の中へと入り込んだ。

久しぶりの不法侵入だ。

想像以上の暗闇の中で、良太は足裏に床の硬さを感じながら、おもむろに着地から立ち上がる。

埃《ほこり》っぽい空気。しかし、刺激臭はない。

やはり今夜、ここでフッ化水素酸は使われていないのだろう。

彼はリュックから先輩の暗視ゴーグルを取り出すと、それを頭に装着した。

視界に広がる緑色の光景。それは色以外は何てことない、ありふれた町工場の風景だった。

元々は何の工場だったのかは知らないが、煩雑に資材やら機械やらが置かれているだけで不審なところは見当たらない。強いて言うなら新品のようなドラム缶が十本ほど手前に並んでいるのが気になるが、叩いたり傾けたりして見たところ、中は空っぽで、先輩が入れられているということもないようだった。

どうやら、ここに先輩はいないらしい。

呼びかけても返事はないし、他に隠せるような場所もない。

フッ化水素酸の「ふっくん」は先輩を襲った犯人ではなかったようだ。

くそっ、と思わず地団太を踏んだ。

二か月ほど前、良太と先輩は昼間にこの工場の様子を窺いに来たとき「ふっくん」とニアミスした。その際に思い切り顔を見られたので、それが原因で襲われたのかと思っていたが、それは関係ないようだった。

良太は、仕方ない、と工場内の捜索を諦めると、入ってきた窓のほうへと向かった。

ここには先輩どころか死体処理の痕跡すら見つからなかった。もしかしたら、その前提自体が間違っていたのかもしれない。

だとしたら、とんだ無駄骨だ。

その苛《いら》つきから、思わず近くにあった大きな白い容器を蹴飛ばした、が、次の瞬間、彼は転がる容器の腹にＰＥの文字を見つけて動きを止めた。

それは浴槽がポリエチレンでできていることを示す表示なのだ。

ポリエチレンとはフッ化水素酸を使用する際によく使われる物質のことだ。

そんなものがあるということは、やっぱりここは本当に死体処理工場なのか？

ふいにいまの浴槽で死体が溶かされている光景が頭に浮かぶと、良太は心臓にいきなり氷水を浴びせられた感覚に襲われた。

全身に悪寒が走り、膝が震える。

だが、ここで折れたら、もう先輩は探せない。

歯を食いしばってギリギリで堪えると、良太は窓に手をかけ、さっさと工場を後にした。

次に向かうは「ボクサー野郎」と先輩のノートに記されていた中年男の家だった。

「ボクサー野郎」の名前は竹下《たけした》。あかね町にある小さな山のふもとで一人畑を耕して暮らしている農家なのだが、彼は自分の住むあばら家の庭にボロボロのサンドバッグを吊るして、それを毎日のように叩いていた。

もちろん、それだけならただの健康的な男だ。だが、先輩によると、そのサンドバッグには以前、人が詰められていた可能性があるというのだ。

それはまだ先輩が、あかね町に来て半年経ったかどうかの頃。たまたま竹下の家の前を通った先輩は、どこかから呻き声がするのを聞いたそうだ。そのときはまだあかね町のことをよくわかっていなかったので、ただの気のせいだと思い通り過ぎてしまったのだが、数日後に再びそこを通ったとき、竹下が庭でサンドバッグを開いているのを見て先輩は絶句した。

サンドバッグの中には一般的に布きれなどが入っているが、その量が明らかに少なく、しかもそのほとんどが赤黒く染まっていたからだ。

それは布きれを抜き、代わりに赤黒い液体を垂れ流す何かが入っていたことを想像させた。

あのときの呻き声は、サンドバッグに詰められていた人間のものだったんじゃないだろうか。

そんな疑念が浮かび、先輩はすぐにその場から逃げ出した。それゆえ本当に人が入っていたかどうかは確認できずじまいとなってしまった。

その後、いくら竹下の家の前を通っても呻き声が聞こえることはなく、竹下自身にも不審な素振りは見られなかったそうだ。

良太も先輩に連れられて探索に行ったことがあるが、特に不審なところを見つけられなかった。

おそらくたった一回限りの殺人だったのだろう。

先輩が見つけたとき以来、竹下が誰も殺していないのであれば、いまさら良太らを狙う理由はないはずだ。

だが、それでも良太は竹下を犯人候補の一人とした。

なぜなら、このひと月で良太は三度も竹下と遭遇している。それが偶然なのか疑わしく思えたからだ。

学校帰りにすれ違ったり、駅前で遠くにいるのを見つけたり。遭遇といってもその程度のことだが、良太が何者かに尾行されていたことを考えると無視はできない。

午後九時五十分。良太は竹下が町に飲み歩いている時間帯を狙って、彼の家に忍び込んだ。

竹下も他に所有する物件などないし、畑にも人を隠せるような場所はない。彼が犯人なら先輩は必ず家のどこかにいるはずだった。

だが、どれだけひっくり返しても、竹下の家から先輩は見つからなかった。サンドバッグをナイフで切り裂いても、布きれが出てくるだけ。どうやら竹下も犯人ではないようだった。

工場のように恐ろしいものを見ずに済んだことに安堵しつつ、良太は次の場所に向かった。

次は先輩のノートに「YD」と書かれていた吉田《よしだ》という四十手前の女の家だった。

吉田は駅前にあるラーメン屋で店長をしながら、六十過ぎの母親と二人で暮らしていた。だが、この四週間ほどは、その母親が人前に姿を見せなくなっていた。近所には怪我《けが》をして外に出歩けなくなっていると説明しているようだが、少しも姿を見せないその状況に、良太たちは吉田家を探索の対象として外から軽く家の様子を窺ったことがあった。良太への尾行が始まったのはその少し後のことだった。

タイミング的にはかなり怪しい。

吉田に見つかったような気配はまったく感じなかったが、このタイミングの良さは犯人候補とするのに充分だった。

ゆえに吉田が働いているうちに彼女の家に忍び込んだのだが、結論から言うと、彼女もまた先輩をさらった犯人ではなかった。それどころか彼女は誰も殺していない。忍び込んだ家では殺されたはずの母親が寝息をたてて眠っていたのだ。

完全に良太と先輩の早とちりだ。

母親を殺していない吉田には良太らを狙う理由はない。良太は土足で忍び込んだことに申し訳ない気持ちになりつつ、早々に吉田家から退散した。

何にせよ、これで残り三人。

だが、続く二人の犯人候補も犯人ではなかった。調べたが、先輩をさらった形跡がどこにも見当たらなかったのだ。

まさか読みが間違っているのか？

そんな疑念が頭をよぎったが、ここで立ち止まるわけにはいかない。

良太は先輩の顔を思い出すと、次の目的地へと向かった。

それは最後の犯人候補の家。その犯人候補は先輩のノートには次のように書かれていた。ごみ袋おばさん――。

最後の最後に残っていたのは良太にとって最も恐ろしい相手だった。

ごみ袋おばさんの家に引き込まれそうになったのは約五か月前。時間的には間が空きすぎているが、おばさんほど良太たちを狙う動機を持つ者もいない。おばさんを犯人候補から外すことはできなかった。

午前〇時四十六分。例の駐車場におばさんの車がないことを確認し、良太は表札に小林と書かれた家の前へとやって来た。

おばさんは平日いつも夜の十時から翌日の朝まで町の工場へパートに出ているのだが、そこへの移動手段は駐車場に停めてある車だ。つまり、夜遅くに車がないということは、おばさんがパートに出ていることを意味していた。

これなら、かなりの時間、自由に家の中を探し回ることができそうだが、前回も似たような状況で、おばさんは急に戻ってきたのだ。そのことを思えば、あまり時間はかけたくなかった。

工場からこの家まではどんなに急いでも二十五分以上。なので遅くとも二十分以内に探し終えると決めて、良太は門扉に手をかけた。

おばさんの家に入るのは、これが最初で最後だ――。

そう自分に言い聞かせて小林家の敷地に入ると、庭のほうへと回り、リビングの掃き出し窓の前に座った。そこから中に入るためだ。

なるべく音が出ないように、掃き出し窓にガムテープを張っていく。どうせ誰も通報しないとは思うが、住宅街なので念のため。

実際に割ってみると予想以上に大きな音がしたが、良太は気にせず空いた穴から鍵を開けて、リビングの中へと入った。

その瞬間、彼は全身の毛が逆立つのを感じた。

血の臭いがする――。

すえた臭いに混じって、確かにこの部屋からは血の臭いがしていた。それもどこか一か所からというわけではなく、部屋全体から。まるで全部の家具や壁に染みついているかのように、だ。

きっと、昨日、今日のことではなく、ずっと前から家全体がそうなのだろう。

やはり、この家のやばさは只事《ただごと》じゃない。

良太はあらためてそのことを悟ると、リュックから暗視ゴーグルを取り出した。

カーテンを閉め切っている部屋が多いせいか、小林家の中もかなり暗い。

しっかり視界を確保したのち、彼はろくに掃除されていないらしいリビングの中を土足のままで踏み出した。

飲みかけのコップが並ぶテーブルに、脱ぎっぱなしの服がかけられたソファ。明らかに先輩がいないとわかるその部屋はざっと確認するだけにして家の奥へと進んでいく。音をたてないよう気をつけながら。慎重に。ふすまを開けて廊下に出る。

目の前にキッチン。右手には玄関と二階へ続く階段。左手には奥へと続くドアが見えた。その中から良太はキッチンのほうへと向かった。そこには業務用と思われる大きな冷凍庫があるのが見えたからだ。

小林家には死体を入れておくための大きな冷凍庫がある、というのは先輩の予想だったが、まさにその通りのものが目の前にあった。

しかも、その中にはいま、予想した当人である先輩の死体がバラバラになって入っているのかもしれない。そう思うと、良太は急に息が苦しくなり、頭がくらくらするような感覚を覚えた。

だが、頭を振って、気を持ち直す。

これを確認しないわけにはいかないのだ。

良太は一度大きく息を吐くと、冷凍庫の取っ手に手をかけた。先輩はここにはいない、と唱えながら、躊躇いがちに扉を開く。

すると、そこには空っぽの空間が広がっていた。先輩どころか食べ物ひとつなかった。

良太は大きく息を吐いた。

冷凍庫が空っぽなら、先輩の生存率は格段に跳ね上がる。

キッチンをひととおり確認したあとは、廊下の奥へと続くドアのほうに向かった。

家の構造的におそらく風呂場やら洗面所があるはず。そう予想した通り、ドアを開けると目の前には洗面台があった。

だが、そこは思いのほか広く、四畳くらいの空間となっていて、風呂場やトイレと思われるドアの傍に洗濯機や体重計、さらに段ボールに入れられたたくさんの靴と、なぜか病院などで使うストレッチャーなどが置かれていた。どうやら、ここは小林家にとって、ちょっとした物置きのようだった。

そんな中であるものが良太の目を引いた。それは二つの大きなポリバケツだ。

こんな大きなポリバケツに何を入れるのか。

その疑問に対し、良太が思い浮かべたのは人間の死体だった。

死体を解体したのち、冷凍庫に入れるまでの一時保管場所。そのためのポリバケツだとしたら、この中身も確認しないわけにはいかない。

良太は息を止めると、おそるおそるポリバケツのふたを開けた。

もし本当に死体の保管場所なら、この中に先輩が入れられている。そういう可能性があるのだが、今度もまた中身は空っぽ。二つとも何も入っていなかった。

そのことに、良太は再び大きく息を吐いた。が、次の瞬間、急に鼻を衝く血の臭いが濃くなり、慌ててポリバケツのふたを閉めた。

どうやら死体の一時保管場所というのは当たりだったらしい。ポリバケツから漂う血の臭いと生臭さはそのことを如実に物語っていた。

もしそうなら、きっと近くには死体の解体場所がある。

良太はポリバケツの傍にあるドアに目を向けると、魅入られるように手を伸ばした。そして開けた瞬間、息を呑んだ。

ブルーシートの敷かれた脱衣所と、風呂場。その二つの空間にはいたる所にどす黒いシミがついていた。暗視ゴーグルのわかりづらい視界でも、それが何のシミかはすぐにわかる。なぜならポリバケツを開けたとき以上の、むせかえるような血の臭いが、そこには充満していたからだ。

酷すぎる……。

良太は反射的に顔を背け、ドアを閉めた。新鮮な空気を求めて、その場を離れる。間違いない。ごみ袋おばさんは本当に人を殺して、バラバラにしている。前に触れたあの冷たい塊も本当に人間の一部だったのだ。

良太は堪らず吐きそうになった。風呂場から離れても臭いが消えない。まるで肺の中までその臭いでいっぱいになっているかのようだった。

だが、それでも顔を上げた。

ブルーシートは少しでも血の汚れを防止するためのものだ。それが準備されていたにもかかわらず、ポリバケツにも冷凍庫にも死体はなかったということは、解体はこれからである可能性が高い。言い換えれば、それは明日にでも解体する予定の相手がいるということだ。

それが先輩なのかもしれない。

だとしたら、こんなところで吐きそうになっている場合じゃない。

良太は天井を睨みつけると、洗面所を出て、二階へ向かった。一階はだいたい探し終えているので先輩がいるとしたら、きっと二階だ。逸《はや》る気持ちを抑えつつ、ギィギィと音をさせて階段を上る。

二階に着くと、左右へ延びる廊下があった。右手には隣り合う部屋が二つあり、廊下を挟んだ向かいにも部屋がひとつ。すべてふすまの部屋となっていた。そして目の前と、左手にはそれぞれドアの部屋がひとつずつ。ただし、目の前のドアは少し開いていて、どうやらトイレのようだった。

ということは、残りの四つの部屋のどこかに先輩が捕えられている可能性がある。

良太は遠慮気味に呼んでみた。

「先輩、僕です。いますか?」

だが返事はなかった。それでも諦めず、もう少しだけボリュームを上げて呼びかけてみると、今度は右手の並びの奥の部屋から物音が聞こえた。人が身じろぎするような音だ。

「先輩? 先輩ですか?」

良太は奥の部屋へと歩き出した。慎重に近づくつもりが、知らぬ間に早足になっている。そして、その勢いのままふすまを開けたとき、目の前の光景に目を瞬かせた。そこには手と足をロープで縛られ、壁にもたれる女性の姿があったのだ。

「先輩！」

良太はゴーグルを外すと、急いで女性に駆け寄った。だが抱きかかえてすぐに気づいた。女性は先輩ではなかった。

顔が腫れていてわかりづらいが、先輩にしては髪が長いし、よく見れば先輩が着ないようなスーツを着ていて、身長も年齢も少し高い。どうやら先輩を探しに来たつもりが、まったくの別人を見つけてしまったようだった。

この予期せぬ事態に、良太が困惑していると、腕の中で女性が「ううっ……」と呻き、閉じていた眼を開き始めた。が、良太を見た途端、

「ひぃぃっ」

と叫び、暴れ始めた。良太は慌てて宥《なだ》める。

「大丈夫です。僕はこの家の人間じゃありません。あなたを傷つけたりしませんよ」

だが女性は暴れるのをやめなかった。パニックになって、声が耳に届いていない。

それでも良太が「大丈夫です」と何度も繰り返すと、良太の言葉を理解したのか、女性は徐々に落ち着きを見せ始めた。うつろな目で聞いてくる。

「た、助け、に……？」

良太は仕方なく「……はい」と答え、尋ねた。

「でも、その前に、あなた以外に誰か捕まっている人を見ませんでした？　ショートカットであなたより一回りくらい小柄の――」

「わ、わからない。わたしは、ただいきなり殴られて……」

女性は震えながら良太の言葉を遮って言うと、それきり押し黙ってしまった。そのあとは何を聞いても反応なし。それでどうしたものかと困っていると突然、バンッ、とドアの閉まる音がした。

良太は、ぎょっとして廊下のほうを振り向いた。

同じ二階から。たぶん、ここからいちばん遠くにある廊下の奥の部屋で、ドアが勢いよく閉められた音だ。

だが、おばさんがいないのに、どうしてそんな音がするのか。

理解できない状況に耳を澄ますと、続いて廊下の奥のほうから床のきしむ音がした。

誰かが歩いているような音だ。それがゆっくりと、こちらへ近づいてきていた。

良太は自分の顔から血の気が引くのがわかった。

おばさんが帰ってきたのか、何なのか。とにかく誰かが近づいて来ている。そのしっかりとした足取りは他の監禁されている誰かというわけではなさそうだった。

「ア、アイツが来る……」

女性が頭を抱えて、また酷く震えだした。

それで悟る。

やはり近づいて来ているのはおばさんということか。

なぜおばさんが家にいるのかはわからないが、足音の大きさからして、もう階段よりこっち側に来ている。どうやらやるしかないようだった。

ちくしょう。

良太は女性から離れ、入り口のふすまの近くにしゃがむと、特殊警棒と催涙スプレーを用意した。

ふすまが開いた瞬間、催涙スプレーを浴びせて、警棒で殴るのだ。

おばさんが女性の様子を見に来ただけなら、それで勝てる。いや、警戒していたとしてもスプレーを食らわせれば負けるはずがない。

良太は息を潜めて、そのときを待った。

足音はすでに隣の部屋の前まで来ている。もうあと二、三歩の距離だ。

だが、足音はその二、三歩を刻む前に止まってしまい、代わりに聞こえて来たのは隣の部屋のふすまが開く音だった。

隣の部屋に用があったのか？

そう思った瞬間だった。突然、良太のいる部屋のタンスが大きな音を立てて前に倒れた。隣の部屋側にあったタンスだ。

そのタンスのあった場所からは、なぜか隣の部屋が丸見えとなり、さらにそこには見たこともない巨漢の男が立っていた。ジャージ姿で身長はおそらく百九十センチ以上。色白の四角い顔はフランケンシュタインの怪物を連想させた。

一体、何が起きた？

混乱した良太だったが、倒れたタンスの上にはふすまが乗っかっているのを見て、はじめから壁などなかったことに気がついた。暗すぎるせいで勘違いしていたが、隣の部屋とこの部屋は元々ふすまで仕切られていただけで、巨漢の男はそのふすまをタンスごと蹴飛ばして、この部屋に入ってきたのだ。

だが、わからないのはこの男の存在だ。

このフランケンは一体、何者なのか。

ふう、ふう、と荒い息で、ただ突っ立っている、そんなフランケンの様子に、良太はふいに気がついた。

もしかして……おばさんの息子か？　生きてたのか？

医大受験に失敗した引きこもりの息子だ。先輩の推測ではおばさんに殺されたことになっていたけど、実は生きていて、ずっと引きこもり続けていたのではないか。ただ姿を見せなくなっていただけで。

信じがたいが、もしそうだとしたら、この息子は良太たちが逃げるのを邪魔しに来たに違いなかった。

良太は催涙スプレーを息子のほうに向けようとした、そのとき、「ひいいっ」と女性が悲鳴を上げた。見ると、彼女は息子から這《は》いずって逃げようとしていた。きっと恐怖で頭が真っ白になって固まっていたのが、いまさら動けるようになったということだろう。

良太は気を取り直して、もう一度息子にスプレーを向けようとした、が、息子はすでに良太の目の前に迫って来ていた。良太が目を逸らしていた隙に突っ込んできていたのだ。

良太はすぐにスプレーを噴射しようとした。が、間に合わない。巨漢の息子のタックルで、彼はふすまごと廊下に押し出され、さらに廊下の壁に叩きつけられた。

全身に凄《すさ》まじい衝撃が走った。

良太は目を白黒させて、その場にひざまずくように崩れ落ちた。

身体がしびれて動けない。それでも何とか顔を上げると、息子が荒い呼吸で、良太のことを見下ろしていた。

何を考えているのかわからない。

でも、とにかく反撃しなければ、と震える手を腰に回すも、警棒がない。スプレーもない。どっちも落としてしまったようだった。

思い返せば、どちらも手に持っていたのだ。それをタックルの衝撃で落としてしまったのだ。

良太は慌てて背中のリュックから予備の武器を出そうとした。が、それより先に息子が豚鼻を鳴らして突っ込んできた。

くそっ。

良太は避けきれず、再び息子のタックルを食らった。百九十センチを超える巨漢と壁とのサンドウィッチ。その威力に良太は自分のあばら骨が折れる音を聞いた。

一瞬、視界が真っ暗になり、気づくと良太は廊下の床に突っ伏していた。

少しの容赦もないタックルとはこれほどのものか。

それでも良太はいまにも飛びそうな意識の中で、何とか息子から逃れようとした。

そのとき、指先に触れるものがあった。警棒だ。奪われることを防止するためのバンドを手に巻き付けていたため、警棒はすぐ近くに落ちていたようだった。

良太はそれを必死に摑むと、三度突っ込んで来ようとする息子の膝に思い切り叩きつけてやった。

無理やり動かしたことで、自分の身体が悲鳴を上げる。

だが、息子のほうも、があっ、と声をあげて後ろに倒れた。そして右膝を押さえて、大袈裟《おおげさ》なほど痛がりはじめた。

起死回生だ。ダメージは明らかに良太のほうが上のはずだが、息子は痛がり続けたまま動こうとしなかった。その隙を狙って、良太はさらなる追撃を加えようと警棒を振りかぶった。だが、身体の痛みが酷すぎて、今度は腕を振り上げることができなかった。

上げようとすると、あばら骨のあたりから強い痛みが全身に走る。

だが、このまま何もしなければやられてしまう。

良太は、ぜぇ、ぜぇ、という自分の息遣いを聞きながら、腕をだらりと下げて背中のリュックを下に降ろした。

警棒を振れないなら他の武器を使うしかない。

きしむ身体で、何とかリュックのファスナーを開ける。

だが、もたもたしているあいだに、息子は痛がるのをやめ、立ち上がろうとしていた。

……やばい。

息子が鬼の形相でゆっくりと腰を沈める。タックルの体勢だ。

それを喰らったら、おそらく次は死ぬ。

良太は決死の思いでリュックの中に手を突っ込んだ、と同時に、息子もこちらに突っ込んできたので、わざと右に倒れて、直撃だけは何とか避ける。だが、それでも左肩を中心に吹き飛ばされ、床に身体を叩きつけた。

激痛が走った。だが、今回は意識を正常に保てている。良太はすんでのところでリュックから掴んだ武器を、タックル直後で傍にいた息子の足に押し当てた。

「……死ね」

良太が声にならない声で言ったと同時に息子は呻き声をあげて、その場に崩れた。きっといつかの良太のように、身体に力が入らないのだろう。良太が使ったのは先輩の部屋から持ってきた五十万ボルトのスタンガンだった。

これならスイッチを押すだけなので、いまの良太でも容易に使うことができる。良太はスイッチを入れて、もう一度、息子に押し当てた。今度は腰のあたりを。その次は腕。腹、首元、と何度も彼に押し当てた。

すると、やがて彼は泣き出し、ポツリと「もう、やめてよう……」と言った。

まるで子供だ。

どうやら、もう戦意はないようだった。

良太は「……おい」とガラガラの声で呼びかける。

「さっきの女の人以外にもう一人、女の人を捕まえているだろ。その人はどこにいる？」

だが、息子は何のことかわからないという顔をした。良太はそれに苛立ちを覚えた。

「おい！　さっさと答えろ！　先輩はどこにいるって聞いてるんだ」

息子の顔の前でスタンガンのスイッチを入れ、火花を散らしてやった。

息子は「ひいっ」と小さな悲鳴を上げた。

「い、いないよ」

「何？」

「他にはいないよ。捕まえたのは一人だけだから……」

良太は、カッと目を見開いた。

「嘘つけ！　絶対にいるはずだ。どこにいるんだ」

怒鳴りつけると同時に、再びスタンガンを押し当てた。ここで手を緩めたら殺されるのは身体がボロボロな良太のほうだ。だから容赦などする気はない。良太は息子が叫ぶのにかまわず、何度もその身体に電気を流し続けた。その結果、息子はやがて逃げ惑うこともしなくなり、最後には失神してしまった。結局、先輩の居場所は喋《しゃべ》らずじまいだった。

くそっ。簡単に気絶しやがって……。

良太は動かない息子を横目に、自分で二階の他の部屋を探し始めた。だが見つからない。いくら探しても先輩の姿はどこにも見当たらなかった。

まさか、先輩は本当にここにはいないのか？

そうだとしたら犯人候補の六人以外のところにいるということだろうか。

考えようとするが、身体のダメージが酷くて、うまく頭が回らない。だが、とりあえず家の外には出たほうがいいように思えた。

捕まっていた女性のこともある。

そう考えて、良太は重い体を引きずって女性のもとへと向かった。すると女性は状況をわかっていないのか、いまも部屋の隅で震えていた。

仕方ないので、女性のところまで行って語り掛ける。

「お姉さん。もう大丈夫ですよ。さっきの男は倒しました。——それで、ちょっと足を出してくれますか？　いまからここを出るんで」

女性の両手両足を縛るロープを取ろうというのだ。だが、女性はこちらを見ても、口をパクパクさせて震えるばかりだった。

その反応に良太はまた苛立ちを覚えた。時間がないのに。

「ちょっと、お姉さん。ロープを切るから足を出してくれって言ってるんです。そのままじゃ動けないでしょう」

語気を強めて言ったが、それでも女性は震えるばかりで動こうとはしなかった。良太は溜め息を吐いた。

「ちょっと、お願いしますよ。あんまりゆっくりは――」

そう言いかけて、おかしなことに気がついた。女性の震えが先ほどより酷くなっている。しかも彼女の視線は良太ではなく、その後ろに注がれていて――

振り返ると、そこには能面のような顔をした、ごみ袋おばさんが立っていた。思わず息を呑む良太に、おばさんはそっと手を伸ばし――

ぐうっ。

声にならない声で呻くと、彼はその場に倒れ込んだ。心臓のあたりを鋭い痛みが襲い、身体に力が入らない。呼吸すら難しかった。

そんな良太に、おばさんはさらに手を伸ばす。その手にはスタンガンが握られていた。良太が持ってきたのとは別のもの。それをおばさんは無言で良太に押し付けた。良太が息子にしたように何度も。何度も良太に押し付けるのだった。


目を覚ますと、目の前には見覚えのない天井があった。新品なのか、やけに眩《まぶ》しい蛍光灯で、良太は堪らず顔を手で覆おうとしたのだが、なぜか腕を上げることができなかった。腕だけじゃなく、足も、身体も。どこも動かすことができない。そこでようやく自身の異常事態に気がついた。

首を起こして確認すると、彼の身体は誰もいない民家の一室で台に寝かされ、腰と四肢を安全ベルトで押さえつけられていた。

な、何だ？　どうなってる？

一瞬、パニックになりかけたが、あばらの痛みですぐに何があったか思い出した。自分はごみ袋おばさんのスタンガンで気絶し、捕まってしまったのだ、と。

くそっ。おばさんのことを忘れていた。もっと早く逃げるべきだった。

仕事のはずのおばさんがこんなに早く戻ってきたのは、おそらく良太の侵入に気づいた息子が連絡したためだろう。きっと良太がごみ袋を調べに来たとき、おばさんがダッシュで戻ってきたのも、息子が呼び戻していたからなのだ。

優秀な自宅警備員だな。ちくしょう。

詳しい状況を知っていたなら、おばさんも警戒して帰ってくる。玄関のドアの音などで、良太が気づけなかったのはそのためだろう。あるいは息子との格闘で気づける状態じゃなかっただけか。どちらにしても見事に警備されてしまった。

自分の間抜けぶりを悔やみながら、良太は自分の状況をもう一度よく確認した。

明かりがついているので印象が変わっているが、おそらくここは小林家の二階のどこかの部屋で、良太が載せられているのは洗面所の部屋で見つけたストレッチャーのようだった。

ストレッチャーは普通、胸と足のあたりの二か所を安全ベルトで押さえつけるだけなので、抜け出そうと思えば抜け出せそうに見えるが、実際はベルトをきつく締められた状態だとまったくびくともせず、ほとんど動くこともできなかった。

しかも良太の場合は両手首にまでベルトが巻かれていた。とても自力で逃げ出せる状況ではなかった。

このままでは自分もあの風呂場に連れていかれる――。そう思うと、知らず呼吸が荒くなる。

早く何とか逃げ出さないと。

そのとき、良太はあることを思い出し、右手のほうに顔を向けた。両手首のベルトには遊びがあるので多少なら動かすことができる。それを利用して、ズボンのポケットに手を伸ばす。正確には普通のポケットの横につくった、口の閉じた隠しポケット。そこに入れてある小型ナイフを取り出そうとしているのだ。

「万が一、捕まったときはこれで逃げなよ」

先輩はそう言って、このナイフを縫いつけてくれた。先輩は本気だったかもしれないが、良太自身は本当に使うときが来るとは思っていなかった。

先輩に感謝しながら、隠しポケットの口のところにある小さな穴に指を突っ込む。そこから指で穴を強引に広げて、小型ナイフを取り出した。

後はこれでベルトを切るだけ。問題はおばさんたちが来る前に終えられるかどうかだ。

ふと窓のほうを見ると、カーテンから光が漏れていた。

もうすでに朝か、昼なのだろう。

良太は小型ナイフで、急いで安全ベルトを切り始めた。

いまはまだ拘束だけで放置されているみたいだが、いつ殺されてもおかしくない。

まずは右手の手首から。必死でナイフを前後させた。

だが、ベルトは簡単には切ることができない。

そうこうしているうちに入り口のふすまが開かれた。

驚いて、良太はナイフを落としそうになった。

しまった。もう来た。

だが、何とか堪えて手の中に隠した。握り込んだナイフの痛みも忘れて、恐る恐る部屋の入り口に目をやる。そこにいたのは妙な格好の、ごみ袋おばさんだった。

緑色の割烹着《かっぽうぎ》のような服に、頭をすっぽり覆う緑色の衛生帽子、緑色のマスク、緑色の手袋。そのすべてが緑色で統一された格好は、一見すると弁当工場か何かの作業員のようにも見えた。

一体、何のつもりなのか。良太は酷く嫌な予感を覚えつつ、

「あ、あの、すみません。これ、外してくれませんか？　僕、もう二度とここには来

ないんで」

と場違いは承知で、なるべく穏やかな口調で声をかけた。

だが、おばさんはそんな良太の頼みなど、まったく聞こえていないかのように無言でストレッチャーを押して、良太を部屋の外へと運び始めた。

「え？　あの、ちょっと、どこに行くんです？」

質問したが、やはりおばさんは答えない。それが余計に、良太の不安を掻《か》き立てた。

「あの！　すみません！　どこに行くんですか？　お願いします。教えてください！」

聞いたところで答えてくれないのはわかっていたが、聞かずにはいられなかった。

あのどす黒い血に染まった風呂場に連れていかれるのではないかと気が気でなかったのだ。

だが、良太が連れていかれたのは風呂場ではなく、ほんの数秒の移動で辿り着く、すぐ斜め前の部屋だった。廊下に出たとき気づいたが、どうやらそこは女性が捕えられていた向かいの部屋のようだった。

風呂場じゃないのか、と良太は一瞬、安堵しかけたが、そんな思いは部屋に入れられた瞬間に吹っ飛んだ。そこには異様な光景が広がっていた。

これは……。

良太は思わず目を疑った。強烈なまでに部屋をライトアップするいくつもの照明。

部屋全体に敷かれた緑色のシート。その中央にはおばさんと同じ格好をした息子がいて、その前には捕えられていた女性が、良太と同じように台座に手足を縛られて寝かされていたのだ。

女性はガムテープで口をふさがれ、腹の部分を四角く切り取られた服から、へそをあらわにしていた。顔は良太のほうを見て、涙を浮かべている。これ以上ないほど恐怖に歪《ゆが》んだ顔だった。

一方で息子のほうは落ち着き払って、なぜか手の甲を見せるようにして両手を胸のあたりまで上げていた。よく見ると、その傍らには銀色の細長い器具がいくつも載せられている小さな台座もあった。どこか既視感のある光景だった。

何が始まるんだ？

良太の心は言いようのない不安でいっぱいになった。

そんな良太をおばさんは部屋の隅に連れていくと、今度はどこかから三脚のついたビデオカメラを持ってきて、それを捕まっていた女性のほうに向け、セットし出した。

何かを録画しようとしているのか？

「すみません。あの、何をする気なんですか？」

無言で続けられる作業に、堪らず良太は尋ねた。すると、

「どうされました？　何か、ご質問ですか？」

意外なことに、息子が良太の質問に応えた。それも「ふう、ふう」としか言っていなかった先ほどとは、まるで別人のように落ち着いた口調だ。

良太は息子の変化に違和感を覚えつつ、尋ねる。

「あ、あの、何なんです、これは？　これから何が始まるんです？」

「何って、手術ですよ。これから執刀医であるわたしが、あなたたち二人を手術します」

「しゅ、しゅじゅつ……？」

「はい。まずはこちらの女性で、あなたはその次です」

最初、何を言われたのか理解できなかった。だが、彼らの緑色の服を見ているうちに、ハッとした。彼らの着ているのは「手術着」だ。つまり息子は「手術」をすると言っているのだ。

「大丈夫。心配いりませんよ。手術は必ず成功します。お二人はわたしが助けてみせますよ」

絶句する良太に、息子は笑顔で力強く頷いてみせた。その瞬間、良太はかつてないほどの眩暈《めまい》に襲われた。

「ちょ、ちょっと、何だよ？　手術って……。僕は別に病気じゃ……」

うっ、と話している途中で、おばさんにガムテープで口をふさがれた。そのせいで呻くような声しか出せない。それでも良太はその呻くような声で喚《わめ》き続けた。

一体、何が起きてるのか？

いや、わかってる。手術だ。息子の言っていた通り、これから手術が始まるのだ。

そう考えれば、部屋全体を緑色にしているのもよくわかる。これは手術衣と同じように赤の補色である緑を使うことで、血を見ても目の錯覚を起こしにくくするための処置。つまり、ここは手術室で、女性が寝かされている台座は手術台。強烈な照明も手術の際に手元を明るくするためのものだということだ。

本当はそんなこと部屋に入った瞬間から、頭の片隅では気づいていた。だが、わからないふりをしていた。なぜなら、息子は医大を目指していたというだけで、医療に関してはただの素人だ。その素人がこれから自分を手術するなど、とても受け入れられることではなかったからだ。

だが、それは現実だった。目には知らず知らず涙が溢《あふ》れた。

何だよ、手術って？　何で、こんな……。

良太は止まらない絶望感に、ただそれだけを頭の中で繰り返していた。

そのうちに準備が整ったのか、息子が女性を載せた手術台の前に立って、カメラ目線で話し始めた。良太はそれを部屋の端から見ていた。

「これからわたしが行うのは小林式脂肪血管形成手術といって、患者の内臓脂肪から血管を形成するという術式です。この過去に例のない画期的な術式はこのわたし、小林直人《なおと》が開発したものです。この術式によって将来、より多くの患者が救われることを願ってやみません。さて、前置きはこの辺にして、そろそろ手術を開始したいと思います。皆、準備はいいかな？」

「はい」と、おばさんが他人行儀に返事をすると、息子は宣言した。

「では、これより小林式脂肪血管形成手術を開始します。まずは開腹から」

メス、と言って、息子は傍らに立つおばさんに右手を差し出した。

それを見た途端、良太は気が遠くなった。息子は本気で健康な女性に対して、手術を始めたようだった。手術台の上では、女性がガムテープ越しに悲痛な喚き声をあげている。

だが、おばさんは意に介した様子もなく、指示されるまま、銀色の器具を息子の手の上に置いた。指示通りなら、その銀色の器具はメスだ。人の身体を切るための道具だ。それを息子は麻酔をした様子もない女性のあらわになった腹部の上に構えた。

途端に女性がこれまで以上に、必死な呻き声をあげ始めた。手術台の上で、必死に身体を揺らしている。だが、安全ベルトでしっかりと固定された身体はまったく動く気配がなく、ただ、お腹の上に構えられたメスを、限界まで見開いた目で見つめることしかできていなかった。

その目からは涙がボロボロとこぼれている。しかし、そんな女性の姿など見えていないかのように息子は横に、すうっとメスを滑らせた。

直後に、よりいっそう大きな呻き声が上がり、同時に女性の腹部から赤い液体が流れ始めた。

堪らず、良太は目をそらした。

だが、腕を縛られた状態では耳をふさぐことはできない。頭に届く女性の呻き声や、くちゅくちゅという手術の音は、良太に手術のありようを否応《いやおう》なく想像させた。女性の苦悶《くもん》の表情もだ。

「では、ここの脂肪を切って血管にします。おっと、いけない。静脈を傷つけてしまった。ちょっと、ここ、ふさいで」

「はい」

「よし、いいぞ。あ、いや、駄目だ。また失敗した。何だか、よく見えないな。この腎臓、ちょっと邪魔だな」

「邪魔なら切除してはいかがでしょうか」

「ううむ。仕方ない。そうしよう。――ああ、くそっ。また血が溢れてきた。どこだ？　どこから溢れてるんだ？」

「先生。ここです」

「よし。じゃあ、そこをふさぐんだ」

「駄目です。先生。血が止まりません」

「なら接着剤だ。すぐ持ってきて」

「はい」

ドタドタという足音が聞こえた。

「頑張れ。大丈夫だぞ。わたしのことを信じるんだ。君のことは必ずわたしが助けてみせる！」

いつの間にか女性の呻き声は聞こえなくなっていた。

脳内でイメージされていた女性の姿が自分にすり替わり、良太は自分が手術をされているような錯覚を覚えた。

もはや恐怖で何が何だかわからない。

気づけば、良太はストレッチャーの上で、発狂したように暴れだしていた。だが、ストレッチャーはカチャカチャと揺れるだけで、まったく逃げ出せる気配がない。ますます、パニックに陥った彼はただ暴れながら呻くだけで、手の中のナイフのことも思い出せなくなっていた。

そうして一体、どれだけの時間が経ったのか。

やがて息子たちの声すら届かなくなり、ふと気づくと、ただぼんやりと天井だけを眺めていた。

もう何の音も聞こえない。息子の声も、手術の音も。

それで良太は自分の耳がおかしくなったのかと思ったが、少しして部屋が本当に静寂に包まれていることに気がついた。

良太は女性の死を悟った。次は自分の番だ。

だが、彼にはもう暴れる気力もなかった。極限の恐怖に、彼の脳はすべての思考を停止させようとしていた、そのときだった。


ピンポン――。

小林家の呼び鈴が鳴らされた。

ピンポン――。ピンポン――。

「ああ、もう！　うるさくて集中できないな。ちょっと見てきてくれたまえ」

何度も鳴らされる呼び鈴に、息子は苛立ちながら言った。

「はい」と答えて、おばさんが出て行く。

その様子を良太はただぼうっと見ていた。

少しすると呼び鈴が止まって、一階からはかすかに話し声が聞こえ始める。

内容はわからないが、訪問者の声に、良太は何となく聞き覚えがあった。

誰の声だったか。

そんな疑問が浮かんだ次の瞬間、良太の目が、カッと見開かれた。

健一さんの声だ！

微かな声だが、間違いない。下から健一の声がしていた。

きっとメールを読んで、京都からすっ飛んできてくれたのだ。

実は良太は小林家に侵入する際、自分の携帯に電源を入れて、それを庭に置いておいた。そうすれば万が一、捕まっても「カレプレ」を辿って捜しに来られるから、と先輩にそうするように教えられていたからだ。その教えがここで活きた。

良太は健一に「カレプレ」の許可を出していないが、姉には出している。それでここがわかったんだろう。

生還の可能性に、良太の脳は急激に回転し始めた。

助けを呼ぶなら、これが最後のチャンスだ。

カレプレの特定範囲は半径数百メートル。

健一もこのあたりにいるとはわかっていても、この家にいるとはわかっていない。

良太はどうにかしてこの家にいることを健一に伝えなければならなかった。

ガムテープ越しに声を張り上げ、身体を必死に左右に揺らす。ストレッチャーを倒すことで、大きな音を出そうとしているのだ。だが、

「やめたまえ。騒いだところで気づかれない。そんなことしなくても、君はわたしがちゃんと助けてあげるから」

　息子は良太のほうを向くと言った。確かに、闇雲に揺らしてもストレッチャーはその場でカチャカチャというだけだ。なので、今度は振り子のように身体を振った。規則正しく、交互に。より勢いが増すように。

　それで先ほどより少しだけ揺れが大きくなった。まだまだ倒れる様子はないが、それでも息子は心配になったのか、良太のほうに近づいて来た。

「だから、やめたまえと言っているだろう。そんなことをして体力を無駄にしてどうする？　手術に耐えられなくなってしまうぞ？」

　息子はこれ以上、ストレッチャーを揺らせないように、良太の身体を押さえ込んできた。その瞬間だった。良太は握り込んでいた小型ナイフで、息子の腹を切りつけてやった。

　これに息子は痛みに声をあげて、たたらを踏んで後ろに下がった。その際、取っ手の部分を掴んでいたことで、手前に引っ張るようにしてストレッチャーを横倒しにした。結果、部屋には振動と共に大きな音が鳴り響いた。

　この音は健一の耳まで届いたのか。

　良太はストレッチャーと一緒に横倒しになりながら、一階の声に耳を澄ました。

いまので駄目なら、どうにもならない。

良太は健一がすぐにでも踏み込んでくるのを期待した。

だが、下から聞こえてくるのはそれまでと変わらぬ調子の会話だった。内容は相変わらずわからないが、ストレッチャーが倒れた音に対して、二人の会話には変化が見られなかった。

駄目だったのか？

絶望が良太の頭に立ち込めた。それを振り払うかのようにガムテープ越しの叫び声をあげながら、またその場で身体を揺らす。だが、横倒しのストレッチャーからは、ただカチャカチャという空しい音が聞こえるだけだった。

「だから無駄だと言ってるだろ。そんなことしても。そんなことより、そんなナイフ、どこに持ってたんだ」

息子は左の腹のあたりの服に血を滲《にじ》ませながら、良太のほうへと歩いて来た。痛そうにしてはいるが、ナイフが小さすぎて、たいしたダメージにならなかったのだろう。彼は良太のすぐ近くまで来ると、顔に一発蹴りを入れて、良太の手からナイフを奪った。それを部屋の隅に投げ捨てると、

「まったく。これから手術してもらう相手に怪我をさせるなんて理解不能だ。それで損をするのは君自身なんだぞ？」

そう言いながらストレッチャーを起こした。そんなことする余裕があるなら、怪我で手術が中止されることもなさそうだ。

そのうちに下から、おばさんも戻ってきてしまった。

「先生、追い払いました」

その言葉を聞いた瞬間、良太の身体からすべての力が抜けていった。

そのあとも息子とおばさんは何事か喋っていたようだが、良太の耳にはもう聞こえない。何も考えることができない。

気づけば、良太はストレッチャーごと手術台の隣へと移動させられ、その傍らには息子とおばさんが立っていた。

また、手術が始まるのだ。

手術？

そう認識した途端、良太の中で恐怖が蘇り、また泣きじゃくりながら暴れようとした。だが、きつく締められたベルトのせいでまったく動けない。

さっきの女性と同じで、できるのはガムテープ越しに喚くことだけだった。

それでも何とか逃げようと暴れ続けていると、ふと良太は二人の様子がおかしいことに気がついた。

息子とおばさんが両手を上げたまま動かない。顔も良太のほうではなく、別の方向に向けられている。

何を見ているのか、と二人の視線を追うと、部屋の入り口に制服姿の健一が立っていた。

「いいから、さっさとその子から離れろ！」

そう叫ぶ健一の手には拳銃が握られていた。銃口は息子とおばさんに向けられている。どうやら両手を胸のところまで上げた二人の格好は手術の構えではなく、ホールドアップの姿勢のようだった。つまり、二人は健一によって、この場を制圧されていたのだ。

健一さん……。

おそらく良太が呆《ほう》けていたあいだに、健一はここに踏み込んできていたのだろう。

この状況に、良太の視界が滲みだした。

「早く言う通りにしろ！　言う通りにしたら、そのまま後ろに下がるんだ！」

拳銃を構えたまま再度、健一は警告した。だが、その頼もしい姿に、良太はふとおかしな点があることに気がついた。拳銃がオートマチックだったのだ。

日本の警察官が使うのはリボルバー式の拳銃で、オートマチック式ではない。そのうえ、よく見ると、健一の腰には銃を仕舞うホルスターもない。警棒も無線機さえも持っていない。

それで良太は思い出した。

健一は本来なら今日はまだ姉と旅行中だったということを。つまり健一は本来、今日は休日なのだ。だから警棒も無線機も持っていない。おそらく手錠も警察手帳も、そして拳銃も持っていない。よって、健一がいま構えているのはただのモデルガンということだ。

きっとハッタリでそんなものを持ってきたのだろうが、どれほどの効果があるのか。

実質丸腰の健一と、巨漢の息子と女性とは思えない腕力を持つおばさんの二人がかり。モデルガンだとばれたら不利なのは、むしろ健一のように思えた。

だが、

「聞こえていないのか？　さっさと後ろに下がれ。言うことを聞かないなら、この銃で君らを撃つことになるぞ」

健一は堂々とそう言い放った。その姿は冷静そのもので、いまにも吐いてしまいそうな良太とはまるで正反対だった。

だが、息子とおばさんも健一に負けず、落ち着き払っていた。特に息子はホールドアップの姿勢のまま、微笑みさえ浮かべていた。

「残念ながら、それはできないな。わたしはこれから彼を手術してあげなければならないんだ」

健一が眉をひそめた。

「何を言っている？　いいから、さっさと下がるんだ」

「断る。君のほうこそ、下がりたまえ。ここは神聖な手術室だ。君のような者が土足で上がっていい場所ではないぞ」

息子は軽く叱りつけるように言うと、おばさんのほうを向いて手を差し出した。

「手術を開始する。メス」

「動くな！　お前も刃物に手を触れるな！」

健一はメスに手を伸ばすおばさんに銃口を向けた。

おばさんはそれで動きを止めた。だが、息子は溜め息を吐くと、健一に向かって言った。

「撃ちたければ撃ちたまえ。それでも、わたしたちは手術を続けてみせる。それが医者であるわたしの使命なんでね」

「……本当に撃つぞ」

「だから構わないと言っている。撃てるものなら撃ってみたまえ。わたしの使命は誰にも止めることはできない」

モデルガンだと気づいているのか。息子はそう断言してみせた。

そのせいで逆に健一のほうが追いつめられてしまう。

モデルガンでは撃ちたくても撃てない。健一が迷いを感じさせるような顔で「お前……」と呟いたそのとき、おばさんが健一に向かって、メスを投げつけた。投げナイフの要領だ。

咄嗟に反応した健一は何とかそのメスを避けてみせるが、顔をかすめていったことで体勢を崩してしまい、その隙におばさんは良太を載せたストレッチャーを蹴飛ばして、その陰に隠れながら健一のほうへと向かって行った。その両手にはメスが握られている。

良太はそれに気づきながら、ガムテープ越しに「んん」と叫ぶことしかできなかった。

そんな良太を健一がストレッチャーごと受け止めると、その陰からおばさんが五十代の女性とは思えないジャンプ力で飛び出し、「きいっ」と叫びながら、健一に切りかかった。その瞬間、あたりには鮮血が飛び散った。

健一の右手が切られてしまった。

しかも、その際にモデルガンも落としてしまった。それに乗じて、おばさんは勢い込んで切りかかってくる。

素手対メスの状況だ。

切りかかってくる二本のメスを、健一は何とか避けてみせているが、限られた空間でいつまでも避け続けることなどできない。

案の定、再びメスが健一の右腕を切りつけた。

またも飛び散る鮮血。その痛みにひるんだのか、健一はその場に膝をついてしまった。頭部が隙だらけとなる。そこに向けて、おばさんは容赦なくメスを振りかぶった。

が、そのときだった。健一は床に敷かれていた緑色のシートを思い切り引っ張った。それにより、おばさんはバランスを崩した。転ぶまいと、手をバタつかせている。その結果、がら空きとなったおばさんの腹部に、健一の前蹴りが深々と突き刺さった。

げえっ、という声と共に、おばさんはメスを落とし、両手で腹を押さえた。そこへ今度は健一の回し蹴りが吸い込まれるようにおばさんの頭部へと入っていった。直後に、おばさんは糸が切れた人形のように床に倒れた。

あっという間の出来事だった。

あっさりとおばさんを沈めた健一はメスとモデルガンを拾い上げると、ストレッチャーを飛び越え、今度は息子のほうへと向かって行った。

息子は慌てて、両手を前に突き出した。

「ま、待ちたまえ！　わたしはその少年を助け――」

が、健一はモデルガンを息子の顔に投げつけると、ギャッと痛がる息子に近づき、その股間を蹴り上げた。

息子はその場で悶絶《もんぜつ》し、前のめりに倒れた。

健一はモデルガンを拾い上げると、その銃口を息子に向けて言った。

「そのまま動くな。動けば撃つ」

わざわざ命じなくても動けるとは思えないが、それでも健一は息子に拳銃を構えたまま、おばさんにも目を配り、良太の載るストレッチャーの元へ近づき言った。

「良太くん、無事か？　いま助けるからちょっと待ってて」

良太が声も出せずに頷くと、健一は携帯で警察に通報した。

それを聞いて、どうやら自分は助かったらしいとわかると、良太は急な眠気に襲われた。まるで気絶するように、あっという間に意識の澱《おり》へと沈んでいくのだった。

その後、大挙してやってきた警察に良太らは無事保護され、小林親子は逮捕された。

だが、彼らの家が徹底的に捜索されたにもかかわらず、先輩が助け出されることはなかった。小林家には先輩の影も形もなかったのだ。

小林家から助け出されたあと、良太は病院に運ばれ、そのまま四週間ほど入院することになった。あばら骨の骨折だけが理由ではない。「手術」をすぐ傍で目撃したことで、トラウマを抱えてしまったことがその理由だった。普通に生活していてもふいに小林家での手術時の記憶がフラッシュバックするようになり、良太は日常生活を送ることさえ困難となっていたのだ。

　だが、それも二か月が経ったいまでは、ほぼ完治していた。医者が驚異的と舌を巻くほどの回復スピードで、退院した後の一か月も市内のホテルで何の問題もなく過ごすことができた。

　ホテルだったのは自宅にはマスコミがいたためだ。

　小林親子の起こした事件は被害者二十人を超える親子での連続殺人として、世間の注目を集めていた。

　一月十二日。自宅に戻ってきてから三日後の午前八時。良太が外出前に天気を確認しようとテレビをつけると、画面には今日もまた小林親子の顔が映し出されていた。

「母親である小林雅子は逮捕直後から自供を始めているのですが、通り魔的な犯行であった上に、バラバラにした遺体を生ごみとしてゴミ収集車に回収させていたため、被害者の特定は困難を極めています。事件から二か月が経ったいまも、特定できたのは小林家の自宅から所持品の発見された四名だけで……」

　二十代前半と思しき女性アナウンサーが真剣な顔で事件に関する新情報がないことを伝えると、良太は溜め息を吐いてテレビを消した。

　フラッシュバックを恐れたわけじゃない。

小林親子には興味がないのだ。

どうせ医者になれなかった男が妄想の世界で夢を叶《かな》え、それを母親が支えていたというだけの話だ。聞いたところでどうにもならない。

良太はテーブルにリモコンを置くと、カーテンを開けて外にマスコミがいないことを確認した。

前は良太のインタビューを取ろうと病院にまで来ているマスコミもいたそうだが、フラッシュバックに苦しんでいるという情報が流れるとすぐにそれも収まった。コンプライアンスというやつだ。

代わりにいまは健一がマスコミに追いかけられているらしい。

市民を助けるため、殺人鬼の家に単身乗り込んだ健一は、イケメン警官として今回の事件のヒーローに祭り上げられているようだった。

「勝手に入り込んだとなると良くないから、良太くんの叫び声が聞こえたということにしてくれないかな。あと蹴りつける前に息子が降伏していたのも内緒でね」

健一にそう頼まれ、良太は了承していた。助けは実際に呼んでいたし、何より京都から駆けつけて拳銃も持たない（やはりモデルガンだった。急を要すると判断して家にあった予備の制服だけ着て来たらしい）まま住居不法侵入の危険を冒してまで良太を助けてくれたのだ。断れるはずがない。マスコミの言う通り、健一は確かに今回の事件におけるヒーローだった。

そうしたこともあり、健一には今度、県警本部長賞が授与されるそうなのだが、良太を助け出したことだけがその理由ではなかった。

他にもう一人、あの手術されていた女性のことも助けていたからだった。てっきり息子の手術で死んだものと思っていたあの女性は驚くべきことに一命をとりとめていた。二十六歳のＯＬで、名前は清水《しみず》というらしい。

事件以来、酷いＰＴＳＤに悩まされていて良太とは比較にならない地獄の中をいまも彷徨《さまよ》っているらしいが、意外にも身体の損傷はそこまでではなく、日常生活程度なら問題なく送れるくらいには回復できるそうだった。

それが清水さんにとって幸せなことなのか、あるいはかえって地獄が長引いただけなのかはわからないが、彼女がいたおかげで良太もまた不法侵入を繰り返したにもかかわらず皆から褒められ、逮捕されるようなことにもならなかった（厳重注意を受けたが、清水さんを助けるためだったということでお咎めなしとなるらしい）。

ちなみに健一と同じく県警本部長賞を授与されるという話もあったが、もちろんそれは辞退している。警官として良太と清水の二人の命を救った健一は確かに賞を貰《もら》うにふさわしいが、良太の場合はそうじゃない。良太が助けたかったのは清水ではなく先輩だったのだから。

準備を終えると、良太は少し寄り道したあと玄関へと降りて行った。そして靴を履いていたところで、母に声をかけられる。

「良太？　靴なんて履いて、まさか出掛けるの？」

「うん。ちょっと散歩に出てくるよ」良太はそっけなく答えた。

「散歩って、大丈夫？　お母さんも一緒に行こうか？」

母はまだ良太の状態を心配していた。良太は溜め息交じりに言う。

「大丈夫だよ。僕はもう何ともないから」

「でも……」

「何？　どうしたの？」

姉まで出てきた。

「ああ、ユカリ。それが、良太が出掛けるって言ってて」

「また？」姉が良太のほうを見る。「ちょっと、良太。アンタ、病み上がりみたいなもんでしょ。もうちょっとおとなしくしてたらどうなの？」

「ちょっと散歩に行くだけだよ。家に閉じこもってたら、かえって病んじゃうよ。そうでしょ？　母さん」

「そ、そうね。でも……」

と母が言い淀むと、姉は疑わしそうにする。

「散歩って、アンタ。本当はまた人殺しがどうとか言って、伊藤さんを探しに行くつもりじゃないの？　だったら、やめときな。伊藤さんのことは警察に任せておくしかないよ」

その言葉にカチンときた。

「任せろ、って、あれから二か月も経つのに警察はまだ先輩を見つけられないじゃないか。これ以上はもう待てないんだよ！」

良太はそう言うと玄関のドアを勢いよく開けて出て行った。もちろん先輩を探しに行くために、だ。

あれから、まだ先輩は見つかっていない。町の人殺したちについては警察にすべて伝えてあるのだが、それによって警察が先輩を見つけることはなく、それどころか殺人犯として逮捕されたのも小林親子の二人だけだった。

どうやら警察はあかね町が人殺しの町だと認めるつもりはないらしい。

ある意味では当然の対応だ。良太の証言はどう考えても正気な人間のそれじゃない。現に母たちも良太の正気を疑っているような態度を見せるときがある。小林親子が本当に殺人犯だったことは、まぐれ当たりくらいにしか思われていないのだ。

だが、現状、それはどうでもいい。いま大事なのは先輩の行方だ。

健一から話を聞く限り、警察はあかね町が人殺しの町だと認めずとも、良太が人殺

し と名指しした者たちのことを一通りは調べてくれたらしい。つまり全員、警察に捜査されたにもかかわらず、先輩を監禁している犯人は見つからなかったのだ。

こうなると、もう先輩はすでに殺されている可能性を認めないわけにはいかなかった。

二か月も経っているんだから、これも当然と言えば当然だ。

先輩をすぐに殺して死体を隠蔽し終わっていたなら、警察が何も見つけられなくてもおかしくない。

だが、それでも良太が簡単に諦めるわけにはいかなかった。

「わたしがピンチになったらよろしくね」

先輩のその言葉は、良太がピンチのときは先輩が助けてくれるという意味でもあるのだ。だからこそ良太はその言葉を裏切るわけにはいかない。

息子の直人を気絶させたスタンガン。直人を刺したナイフ。そして良太の居場所を教えてくれた「カレプレ」の使い方。

先輩はもう何度も良太のピンチを救ってくれている。だったら今度は良太が先輩のピンチを救う番だった。

仮に、もし、万が一、先輩がすでに殺されているなんてことになっていたなら、その場合はせめてその犯人には良太が報いを受けさせなければならない。どのみち犯人を見つけ出さないという選択肢はなかった。

先輩が生きているにしろ、いないにしろ。三十六人の人殺したちを自分なりにも調べ続けていた。

そう心に決めて、良太はここ最近、三十六人の人殺したちを自分なりにも調べ続けていた。

その結果、良太はある見落としに気がついた。

これまで良太が先輩の家に向かうときだけしか尾行が行われなかったことから、犯人は良太と先輩の繋がりを知りえる人物で、それは探索対象の人殺したちしかいないと考えていた。だが、よく考えてみると探索の対象は人殺しだけではない。人を殺していると疑ってみたはいいが、実際には良太と先輩の勘違いで無実だとわかった者たちもいた。例えばエロ本を捨てていたあの太った男のようにだ。

彼らは殺人犯でないことから犯人候補に入れていなかった。

だが、それが甘かったのかもしれない。

そう考え直し、彼らのことも調べることにした。

良太がいま向かっているのもその中の一人、坂巻卓郎《さかまきたくろう》の家だった。

曇り空の下。二十分ほど歩き続けて、良太は坂巻の家へとやって来た。先輩の家からバス停ひとつ分の距離にある一軒家。その周りをうろつきながら中の様子を窺った。

坂巻卓郎は実家暮らしをしている大学生で、年齢は二十三歳。以前スーパーのごみ箱にエロ本を捨てに来ていた、あの太った男がこの坂巻だった。

　正直、先輩といるところを見られたような記憶はなかったが、坂巻がエロ本を捨てていたことを良太と先輩は笑ってしまった。もし万が一、あのとき坂巻が舞い戻って来て、そのシーンを目撃していたら殺人の動機になるかもしれない。あかね町なら充分にありえることだった。

　坂巻家の周りをうろつきつつ、チラリと腕時計を見る。時刻は朝の九時前。坂巻の行動パターンだと、そろそろ出てきてもいい頃だった。

　自宅が監禁場所でないことはすでに侵入して確認済み。もし先輩を捕えているならどこかに別の監禁場所があるはずだ。本人に問いただす前にそれを確認しておきたかった。

　良太は鞄からデジカメを取り出した。出掛ける際、姉の部屋から拝借してきたものだ。今日はこれで撮影しながら坂巻の行動範囲を確かめる予定だった。

　このボタンを押せばいいのか……？

　使い方を確認していると、坂巻家のほうからドアの開く音がした。坂巻卓郎が出掛けようとしているところだった。良太は慌ててデジカメを隠そうとして、しかし、自分の目の前に、ある重大な手がかりが写っていることに気がついた。自分の目を疑う。

　これは……どういうことだ？

良太は坂巻の尾行も忘れて、呆然とその場に立ち尽くしていた。

だが、その脳内では次々と疑問が氷解していく。やがて犯人の姿まで思い浮かんだ。

そんな馬鹿な……。じゃあ、先輩は……。

気づくと良太の頰には涙が伝っていた。

その人物は先輩を監禁できるような場所を持っていない。

つまり、たったいま、先輩が生きている可能性はゼロとなったのだ。

ごめん。先輩。僕が頼りないばっかりに……。

二か月もの時が過ぎていた時点で、どこか覚悟のようなものはできていたつもりだったが、いざ現実に直面すると、頰を伝うものを止めることはできなかった。良太は溢れ出る感情を嚙みしめるようにして目を閉じた。そして、

「……殺す」

目を開けたとき、口が勝手に、そう呟いていた。いまの良太には犯人を殺すことがとても自然なことのように感じられた。

犯人は必ずこの手で殺す。僕が、いや、俺が殺す！

あらためて誓うと、良太は坂巻とは反対のほうに向かって歩き出した。殺意に染まった彼の目にはもう涙は流れていなかった。

思えば夜のあかねの森公園にはいつも殺意が溢れていた。

はじめて来たときはもちろん。死体のなかった夜だってそう。森のような闇と静寂が支配するこの公園ではきっと、いつだって誰かが誰かを殺そうとしていた。

なぜなら、ここでは人を殺すことが許されてきたから。

ふいに冷たい風が公園の広場の真ん中に立つ良太の横を通り過ぎていった。広場を囲む木々のシルエットが騒めきと共に揺れている。

気づくと良太はジャケットのポケットに隠したスタンガンを強く握りしめていた。

駄目だ。落ち着け。こんな調子じゃ、アイツを見た瞬間に殺してしまうぞ。

あのとき――、もし先輩がいなかったなら良太はいまここにいることはなかった。ならばせめて遺体だけでも見つけ出してあげないといけない。そのためには来た瞬間にいきなりアイツを殺してしまうわけにはいかなかった。

良太は気持ちを鎮めようと、何度も深呼吸を繰り返した。

だが、木々の合間にひとつの影があらわれた瞬間、目を剝いた。

殺してやる……。

耳の後ろで誰かの唸るような声が聞こえた。

まだ殺してはいけないとわかっていても、いますぐにでも殺してやりたい衝動に駆られる。

しかし、当のソイツはそんな良太の気配に気づいた様子もなく、

「良太くん。こんなところに呼び出してどうしたんだい？」

とさわやかに話しかけてきた。

良太はそれに必死に殺意を抑えて言う。

「……ちょっと人に聞かれたくない話がありまして」

「人に聞かれたくない話？　何かな？」

「先輩のことです。先輩を殺したのって、あなたじゃありませんか？　健一さん」

そのとき吹きすさぶ風にまた大きく木々が騒めいた。

第三章

「僕が伊藤さんを殺した？　どういう意味だい？」

健一は何のことかわからないと言いたげに首を捻った。良太はそれを睨みつける。

「言葉の通りですよ。健一さんが先輩を殺したんでしょう？」

「何を言ってるんだ？　良太くん。冗談なら……」

「動くな。質問にはその場で答えろ」

健一が近づこうとしてきたので、良太は腰から警棒を抜いて威嚇した。健一はさらに困惑の色を見せた。

「良太くん、これは一体……」

「いいから、さっさと質問に答えろ。アンタが先輩を殺したんだろ？　どうなんだ？」

良太が詰問すると、健一はそこでようやく真剣な顔つきになって、否定した。

「いいや。僕は伊藤さんを殺していない。そもそも、まだ伊藤さんが殺されたとは決まって……」

「御託はいい。アンタが先輩を殺したのはもうわかってる。アンタは俺がはじめて先輩と会ったときに目撃した、このあかねの森公園の事件の犯人なんだろ？」

その指摘に、健一は驚いた顔をした。

そう。良太が見落としていたのは、それだった。

以前の先輩の推理から、公園の事件も小林親子の仕業だと思い込んでいたが、いまとなってみれば両者は殺し方がまったく違う。二つの事件は別人の犯行だったのだ。

「俺を尾行してたことからして、犯人は俺と先輩の繋がりに気づく可能性のある町の殺人犯たちの誰かに違いない。そう確信しながらも、俺はずっと不思議だった。俺たちの探索がどうして気づかれたのか。小林以外の殺人犯たちにはほとんど気づかれている気配なんてなかったからな。けど、それもアンタがあかねの森公園の犯人なら納得できる。なぜなら俺はあかねの森公園で見たことを匿名で警察に通報している。アンタはその声で、俺に目撃されていたことに気づいたんだ。それで俺と先輩を殺そうとしたんだ」

良太が指をさして言うと、健一は眉間にしわを寄せた。

「僕が通報の声を聞いて、良太くんの声だと気づいたってこと？　それは……」

「それだけじゃない。他に証拠がある。これを見てみろ」

良太はポケットから姉のデジカメを出して、それを健一に見せた。液晶には紅《あか》く彩られた木々を背景に健一のピースする姿が写っていた。

「これは……京都旅行のときの？」

「いつの写真かはどうでもいい。重要なのはアンタが着ているそのシャツだ。アンタには話してなかったが、殺人を目撃した数日後に、俺はあかねの森公園で血のようなシミのついた布きれを拾っている。その花のような模様がまさにその写真のアンタのシャツの柄と同じなんだ。殺人犯のシャツの切れ端と思える布きれの柄がアンタのシャツと同じって、これはどういう偶然なんだ？」

　もちろん犯人が同じシャツを持っていただけということも考えらえる。しかし、調べたところ、このシャツは東京で限定販売されたものだったのだ。

「犯人と同じ限定品のシャツを犯人候補が着てたら、そいつが犯人なのはもう間違いないよな。けど、俺としてはアンタが先輩の遺体の場所を教えて、俺の目の前から消えてくれれば、別に警察に自首はしなくてもいいと考えている。アンタが犯人として捕まったら姉さんも悲しむ。アンタにしてみれば悪い条件じゃないだろう？」

　何よりも大事なのは先輩の遺体の場所を聞き出すことだ。だが、それが済めば、もう健一に用はない。交渉がうまくいったと思って油断したところに催涙スプレーをかけて、警棒で殴り殺す。そのために警察に通報される心配のない、このあかねの森公園に呼び出したのだ。

右手の警棒は注意を引くために、あえて見せている。良太はポケットの中の左手に隠した本命の催涙スプレーを意識した。

「納得したら、まずは先輩の遺体の場所を教えてくれ。迷うような選択肢でもないだろ？」

だが、良太の言葉に、健一は答えず、代わりに右手で頭を抱えるような仕草を見せた。良太は訝《いぶか》しむ。

「どうした？　何を黙ってる？」

「いや、どこから話せばいいのかなと思って」

「何？」

「そうだな」と呟くと、健一は顔を上げて言った。「まず指摘しておくと、通報というのは通信指令室というところに繋がるんであって、僕のような制服警官が直接受けているわけじゃない。だから通報の声なんて聞いてないし、そこから良太くんに辿り着くというのは、僕には不可能だ」

「え？」と良太は思わず声が出た。

何を言われたかよくわからなかった。

「そもそも通報ではじめて良太くんに見られていたことに気づいたって言ってたけど、それなら僕はどうやって伊藤さんの存在を知ることができたのかな？　通報は良太くん一人でやったんだよね？　だったら、僕は良太くんのことに気づくことはできても、伊藤さんのことは存在自体、知ることができないんじゃないかな？」

「そ、それは……」

確かに健一の言う通りだった。良太は匿名の通報を一人のふりをしてかけたのだ。通報を聞いただけでは先輩の存在に気づけるはずがない。健一には先輩の存在を知る術がなかった。

「さらに言わせてもらうと、通報が犯行のきっかけというなら、伊藤さんの襲われた時期が、十一月というのは遅すぎる。あかねの森公園の事件は六月だ。なんで五か月も間を開ける必要があるのかな？　あと最後によく思い出してほしいんだけど、伊藤さんが消えたのは良太くんが小林家に侵入した日だろ？　でも、その日、僕はユカリと一緒に京都にいたんだ。それでどうやって、このあかね町で僕が伊藤さんを殺せるっていうのかな？」

あっ、と思わず声が出た。言われてみれば、確かに健一は犯行時、京都に行っていていたのだ。これではどう考えても犯行は不可能。良太の推理は根底から否定されたのだった。

「そんな、じゃあ、あの布きれは一体……」

「それはやっぱり犯人か、あるは被害者のどちらかが僕と同じ柄のシャツを着ていた

という だけだろうね。確かにたいした偶然と言えばそうかもしれないけど、絶対ありえないというほどでもないし、何より僕のそのシャツは少しも破れてなんかいない。もし破れてたら、京都旅行になんて着て行かないよ」

うっ、と良太は呻いた。それはいちいちもっともな指摘だった。

そもそもアリバイが成立している時点で健一が犯人でないことは確定している。京都旅行の写真を見ておきながら、アリバイのことにも思い至らなかったなんて、良太は自分で自分が信じられなかった。

「こんな馬鹿な見落としをしてたなんて……」

「確かに、頭のいい良太くんとは思えぬ酷い推理だったね。けど、それだけ心身ともに疲れてるってことだと思うよ。皆も心配していることだし、ここは一旦、身体を休めて、しばらくは家でじっとしているようにしてみたらどうかな。伊藤さんのことは僕ら警察に任せて」

健一は優しく、諭すように言った。確かに、いまの良太の状態では当然の提案なのだろう。あまりに酷い推理をしてしまった。まともに頭が回っていないことは自分でもよく理解できた。だが――

「すみません。健一さんが犯人でないなら、先輩がまだ生きている可能性も出てきました。だったら、俺が途中で降りるわけにはいきません。先輩を早く探してあげないと」

　それが良太の答えだった。先輩が待っているかもしれないというなら、休んでなどいられない。そんなことできるわけがなかった。

「これだけ言っても駄目かい？　いまの良太くんの状態じゃ、決して答えに辿り着けないのは、もうわかっただろ？」

「……それは、あかね町が人殺しの町だなんて妄想に取りつかれているような精神状態の俺では、って意味ですか？」

　憐《あわ》れむような目を向けてくる健一に、良太は言った。最近よく向けられる視線だ。

　健一は溜め息を吐くように答える。

「……そうだね。そんな妄想に取りつかれた状態で、殺人犯と疑う相手を調べて回るなんて、あまりに危険だと思わないかい？」

「ははっ。妄想なら、そいつらは殺人犯じゃないってことなんだから、何も危険なことなんてないじゃないですか。言ってることが支離滅裂ですよ？」

「良太くん。相手が殺人犯でなかったら安全ってわけではないよ。特に良太くんみたいに相手を疑ってかかってたら――」

「健一さんはなぜ俺を助けに来たんですか？」良太は健一を遮って言った。

「え？」

「前から聞きたかったんです。あのとき、健一さんは俺のメールを見ただけで京都からすっ飛んで帰って来て、そのうえ制服やらモデルガンまで持ち出して、俺のことを助けに来てくれましたよね？　どうしてですか？　普通、あんな妄想みたいなメールを見ただけでは、そこまでしませんよね？」

その問いに、健一の顔から表情が消えた。

「……僕は助けを呼ばれたから、助けに行っただけだよ」

「そうでしょうか？　本当は健一さんも気づいているんじゃないですか？　この町が人殺しだらけの怪物の町だって。だから、俺のことを本気で助けに来たんじゃないんですか？」

そうでなければ、あの反応はありえない。京都から帰ってきたこともそうだが、モデルガンまで持ち出すなんて、明らかに拳銃で脅さなければならないような危険な相手がいることを想定している。半信半疑の人間がとる行動ではなかった。

「本当は警察もいい加減、先輩はただの失踪だろうと考え始めていることは知っています。人殺しの町だと認めてないんだから、当然そういう結論になりますよね。でも、健一さんだけは、先輩が本当に町の人殺したちに捕まっているかもしれないって、わかっているはずです。だったら、止めないでほしいです。止められたところで、俺は止まる気ありませんけど」

「……良太くん」

「じゃあ、俺はもう一度はじめから考え直さないといけないんで。犯人と疑ったのは本当に、すみませんでした」

良太は深々と頭を下げると、健一に背を向けて歩きだした。だが、

「良太くん。ちょっと、待つんだ。良太くん」

健一はすぐ後について来ると、肩を摑んで止めにきた。良太はそれを振り払った。

「何ですか？　もう話すことなんてないでしょう？」

「危険だと言ってるんだ。とにかく、まずは一旦、冷静になるんだ」

「なれません。先輩が見つかるまで、俺は永遠に冷静になんてなれません」

「良太くん……」

健一は哀しそうな目をした。

「どうしても諦める気はないのかい？　残念だけど、仮に良太くんの言っていた通り伊藤さんが殺人犯に捕まったというなら生きてる可能性はまずないんだよ？」

「……覚悟の上です。そのときは、せめて犯人だけでも捕まえないと」

本当は殺す気だが、そんなこと健一の前では言えない。

良太の答えに、健一は彼の顔をじっと見たかと思うと、はあ、と大きな溜め息を吐いた。

「わかったよ。そんなに言うなら、犯人を教えるよ」

「え?」

良太は一瞬声を失った。

「教えるって……犯人を知ってるんですか?」

「正直、僕は伊藤さんは失踪の可能性が高いと思っているよ。けど、良太くんの言う通り、このあかね町が人殺しの町だという前提で考えるなら、推理で犯人を一人に絞ることはできるね」

「本当ですか? 誰なんですか?」

良太が勢い込んで聞くと、

「……言っておくけど、事件の真相は良太くんの想像とだいぶ違う形をしている。覚悟してくれよ」

健一はそう前置きして話し始めた。

「先にひとつ確認しておくけど、良太くんを尾行していた人間は伊藤さんを殺した人物と同一人物であるということについて何か異論はあるかい?」

その問いに、良太は「いいえ」と首を振った。

「いくらあかね町でも、尾行の件と先輩の件が別の事件というにはタイミングが良すぎます。それまでは無事にやってきたのに、急に無関係な二人から同時に狙われるというのは偶然がすぎますから」

良太の推理自体もその前提で行われている。異論のあるはずがなかった。

「なら問題ない。尾行者イコール犯人というところから、僕の推理はスタートする。その前提で考えたとき、もっとも気になるのは、なぜ伊藤さんが殺されたのかという点だ」

良太は首を傾げた。

「何か、おかしいですか？　探索に対する報復でしょう？」

「でも、尾行されていたのは良太くんだけだろ？　それなのに殺されたのは伊藤さんっていうのは何だか、ちぐはぐだと思わないかい？」

「だから、それは報復を狙っていた殺人犯がたまたま俺だけを見つけて、それで俺から先輩の所在を掴もうとしたってことじゃないんですか？」

以前に先輩と話した推理だ。そうした内容も先輩を探す手がかりとして警察には話してあった。

「でも」と健一は言う。「それなら、どうして尾行は良太くんが塾を早く帰ったときだけだったのかな？　伊藤さんを探しているなら、もっといろんな時間帯も探すべきだろ？」

「それは……」

　塾を早く出たときは先輩の家に向かうときだから、と言いかけて、良太は言葉に詰まった。

　そんなこと誰も知るはずない、と先輩からも指摘のあったことだからだ。

　実際、それはその通りだろう。良太は二人の繋がり自体、誰にも話していないし、それは先輩だって同じはずだ。そもそも、そうであることは先輩が自ら望んだことだし、先輩にはそんな話をする相手がいない。それは携帯の履歴からも明らかだった。

「良太くんは制服で塾に行っていたんだから学校を特定するのは簡単だし、塾を遅く帰る日を狙えば家を特定することだってできたはずだ。それなのに、どうして塾を早く帰ったときだけ尾行するのか。何か心当たりはあるかな？」

　その問いに、良太は少し考えて答えた。

「……いえ、何もありませんね」

　塾を早く帰ったときは先輩に家に行くときだと知るには、実際に良太が家に入ったところでも目撃するしかないが、それができているなら、そもそも良太を尾行する必要がない。

　先輩を探すのに、塾を早く帰るときだけ尾行するというのは理屈に合わない行動だった。

「つまり、犯人が伊藤さんを見つけるために、良太くんを尾行していたって推理には無理があるってことだね。とすると、考えられるのは逆のパターンだ」

「逆？」

「そう。犯人が二人のことを知りようがないなら見たまま素直に解釈すればいい。つまり、犯人のターゲットは良太くん。犯人は良太くんを尾行していただけで、伊藤さんのことなんて存在自体知らなかったってことだろうね」

良太はぎょっとした。

「俺がターゲット？　俺を殺そうと尾行してたってことですか？」

「いや、伊藤さんがいなくなってから二か月も経つのに良太くんはまだ無事だ。もし本当に犯人が殺そうとしてたなら、もうとっくに襲われているよ」

また混乱しそうになった。良太が襲われていないことがおかしいということか？

「でも、俺は先輩が消えた日から警察とか、マスコミの目に触れるところにいたから、手を出せなかっただけってことも考えられますけど」

先輩が消えた数時間後には六人の殺人犯たちのところに侵入して、そのあとはずっと警察と病院だ。犯人に殺す機会がなかっただけとも考えられるはずだ。

「確かに事件直後はそうだったね。でも、ここひと月くらいはマスコミも良太くんを追ってないし、良太くん自身も伊藤さんを探すと言って、あちこち動き回っていたんだ。襲おうと思えば、いくらでも襲えたはずじゃないかな？」

それはその通りかもしれなかった。このひと月は町の人殺したちを追って、ひと気のないところだろうと構わずうろついていた。これほど殺しやすい相手はいなかったかもしれない。

「それに良太くんを殺そうとしていたにしても、やっぱり塾を早く帰ったときだけ尾行するというのはおかしい。むしろ遅く帰ったときのほうが襲いやすいはずだからね」

夜が更けているほど、ひと気のないタイミングで襲えるということか。

「でも、だったら何で、俺を尾行なんて……」

「尾行は何も相手を殺すときだけにするものじゃないよ。むしろ、普通は相手を調べるためにすることだ」

「調べるため？　犯人は俺を調べていたってことですか？」

「塾を早く帰ったときだけ尾行していたことからも、そう考えて間違いないだろうね。他の目的、例えば、ストーキングなら、塾を早く帰ったときだけじゃなく、他の時間も尾行してないとおかしい。それが塾を早く帰ったときだけしか尾行されてないなら、犯人の興味も良太くん自身じゃなく、良太くんのそのときの行動ということになる。つまり、犯人は良太くんが塾を早く帰ったとき、どこで何をしているかを知りたかったんだ」

「俺がどこで何をしてたか？　なんでそんなことを……」

良太は眉根を寄せた。

「当然、良太くんが塾を早く帰って何かしていることに気づいたからだろうね。それで良太くんを尾行し、結果、犯人は伊藤さんに辿り着くことになったんだ」

「え？　でも、犯人は尾行には成功してないはずですけど」

良太は尾行に気づいてから先輩の家には行ってない。罠を仕掛けたときに顔を合わせているが、そのとき見つけて、後をつけたとも思えない。そういうことにはならないよう気をつけていたし、何より良太にも尾行を気づかれるような奴が、先輩に気づかれずに尾行できるはずがなかった。

「確かに良太くんの話を聞く限り、犯人の尾行で伊藤さんに辿り着くのは難しそうだね。でも、尾行の結果、良太くんたちは尾行者を罠にかけようとしたんだろ？　だったら、実はその罠が成功していて、伊藤さんのほうから犯人に接触していたとしたら、どうかな？　それなら尾行の下手な犯人でも、伊藤さんに辿り着くことができたことになるだろ？」

今日一番、何を言われているのか理解できなかった。

「先輩から接触？　どういうことですか？」

罠が成功していたという話もそうだが、だとしても、なぜ先輩から尾行者に接触するのか。まったく意味不明だった。だが、健一は淀みなく言う。

「そう考える根拠は、罠を仕掛けたあとの伊藤さんの不自然な態度だよ。伊藤さんは罠を仕掛けたあと、急に尾行者の正体を探ることに消極的になったんだろ？」

良太はそのときの先輩に違和感を覚えたことを思い出した。

「それは……ええ。確かに、あのとき先輩は町の殺人犯に尾行されてるかもしれないっていうのに、尾行者について調べることに反対している感じでしたね。最初は積極的だったのに」

「そう。その最初は積極的だったというのがポイントだよ。おそらく良太くんたちの罠は成功していて、伊藤さんは尾行者の正体を知ることができていたんだ。でも、そのことは良太くんには話さないほうがいいと考え、自分一人で犯人に接触することにした。良太くんに罠は失敗したと言ったのも、そのためだね」

またわけがわからなくなった。

「どういうことですか？　どうして先輩は俺が犯人の正体を知らないほうがいいなんて思うんですか？　しかも、そのあと自分一人で接触するなんて」

「それはきっと、良太くんが知ったら、その尾行者と揉めることになると思ったからだろうね。だから、そういう事態を避けるためにも伊藤さんは一人で話をしに行った。たぶん、良太くんのことなら心配いりませんよ、とでも言うつもりでね」

心配いりませんよ、と言うつもり？

その瞬間、良太は背筋がぞくりとするのを感じた。理由はわからない。ただ、何かとても嫌な予感がしたのだ。

「どういうことですか？　なんで、先輩はそんなこと……」

「ここで注目したいのは、伊藤さんはそのとき犯人を自宅にも招いているということだね。言い出したのは犯人のほうかもしれないけど、伊藤さんはそれを断らなかった。だから犯人は伊藤さんの家に侵入することができたんだ」

良太は「は？」と大きく目を見開いた。

「待ってください。犯人が先輩の家に入ることができたのは、先輩が自ら家に上げたからだって言うんですか？」

健一は頷いた。

「犯人が伊藤さんの元に辿り着くことができたのも、伊藤さんの家に侵入できたのも、どちらも伊藤さんがそれを許可したからだったんだ」

「そんな馬鹿な。なんで、先輩がそんなこと……ありえませんよ」

良太は心の底から思って言った。どちらも先輩の警戒心を思えば、考えられない行動だった。

「でも、そうとでも考えないと犯人が伊藤さんに辿り着いた理由も、自宅に侵入できた理由も説明できないんじゃないかな？　それとも良太くんにはこの二つの難題をクリアできるアイデアを他に何か持っているのかい？」

「それは……でも、先輩がそんなことするとは……」

どうやって先輩の元に辿り着いたか。どうやって先輩の家に侵入することができたのか。それらは良太もとても不可解に思っていたことだ。だが、健一の出した答えもまた、良太にはとても不可解に感じられた。

「確かに伊藤さんとしては、とても珍しい行動のようだね。でも現に良太くんだって伊藤さんの家に上がることはできてるんだ。だったら、相手次第で、それは可能ってことじゃないかな」

「可能って……俺以外に誰がそんな……」

良太がまだ信じられない思いで言うと、健一は、じっと良太の目を見てきた。

「わからないかい？　犯人が尾行していたのは良太くんの行動を気にかけてのことだ。そして伊藤さんはそんな犯人に気を遣って家にまで招いた。そんな状況が起こりうる犯人って一体どんな人物かな。僕の頭にはたった一人しか思い浮かばない」

良太は眉根を寄せた。嫌な予感はさらに膨れ上がった。

「どんな人物って、言われても……」

「わからないかい？　だったら、あらためて塾を早く帰ったときにしか尾行されていないことについて考えるんだ。犯人は良太くんが塾を早く帰って、どこで何をしているのかを気にしていた。その結果、殺人が起きたというなら、伊藤さん殺害の動機も十中八九そこにある。何といっても、伊藤さんは良太くんが塾を早く帰ってしまう原因そのものだからね。おそらく犯人は接触してきた伊藤さんから、良太くんが塾を早く帰るのは自分に会うためだと聞かされ、そのことに怒って殺害した。つまり、良太くんが塾を早く帰ってしまう理由を排除するために、伊藤さんを殺害したんだよ」

「俺が塾を早く帰る理由を、殺害？」

そう繰り返したとき、良太は、ハッとした。

「え、それって……」

「気づいたかい？　塾を早く帰るってことは、見方を変えれば、塾をさぼってるってことだ。では、良太くんが塾をさぼることに対して、いちばん目くじらを立ててるのは誰かな？　良太くんは受験生だろ？」

「まさか、そんな……」

「そう。犯人は伊藤さんが受験生である良太くんをたぶらかし、塾をさぼらせていると思って殺害したんだ。つまり、犯人は、良太くんのお母さん。良太くんのお母さんが伊藤さんを殺害したんだ」

「馬鹿な、ありえない！」

気づけば、良太は叫んでいた。

そんな良太を健一はじっと見つめる。

「信じられないだろうけど、犯人が良太くんのお母さんなら、伊藤さんが尾行者のことを良太くんに黙っていたことも理解できる。母親が子を尾行していたとなったら、自分のせいで親子喧嘩になるかもしれないからね」

良太は、うっ、と呻いた。

「で、でも、だからって、母さんが先輩を殺すなんて……」

「それだけじゃない。母親なら何かの理由で塾に電話するなりして、良太くんが塾を早く出ていることを知りやすい立場にある。これは良太くんが家に帰ってくる時間を知る家族以外には難しいはずだ」

「で、でも……」

「もちろん同じことはユカリや良太くんのお父さんにも当てはまるけど、ユカリには僕と京都にいたというアリバイがあるし、男性であるお父さんでは、さすがに伊藤さんも家に上げてはくれないだろう。そもそも仕事をしているお父さんには塾の前で良太くんが出てくるのを見張っているような時間はない。つまり、犯人は尾行する時間的余裕のあるお母さん。お母さん以外にいないんだ」

「い、いや！　でも！　あ、あの、母さんですよ？　あの母さんがそんな、人を、先輩を殺すなんて……絶対にあるわけないじゃないですか！」

そう。そんなことあるわけがない。良太は訴えるように言った。

だが、健一は少しだけ哀しい目をして淡々と続ける。

「でも、優しく微笑む隣人が、見えないところではどんな顔をしているかわからないというのが良太くんたちの考えなんだろ？」

「それは、あかね町の人殺したちのことで、まだあかね町に来て半年かそこらだった母さんが、そんな簡単に殺人なんてするわけ――」

「関係ないよ。伊藤さんも言っていたんだろ？　ニュースで見かける殺人犯が間抜けばかりなのは、殺人をうまく隠し通せた殺人犯が大勢いるからだって。それってつまり人を殺しておきながら何食わぬ顔で暮らしている人間は日本中にどこにでもいるってことだろ？　だったら、お母さんもその一人だったとして何かおかしいかな？」

なっ、と良太は一瞬、声を失った。

「健一さんは、まさか、母さんが、あかね町に来る前から、人殺しだったたって言うんですか？」

「良太くんたちの理屈なら、そうなるね」

「そんな馬鹿な！　そんなことがあるわけ――」

そう言いかけて、良太は息を呑んだ。「怪物の町」に対して良太が抱いた疑問を思い出したのだ。

なぜあかね町の外から来た人間もたかだか一週間ほどで、あかね町の見て見ぬふりの文化に染まってしまうのか？

それはいま、まさに健一が言っていたように、人を殺しておきながら何食わぬ顔で暮らしている人殺しがあかね町の外にも、いくらでもいるからなのではないのか？

つまり、人殺しの怪物を見て見ぬふりをしているのは何も、あかね町の人間に限ったことじゃない。日本中、どこの町にも怪物はいて、人は皆それを見て見ぬふりして生きているのだとしたら？　だとしたら、母が人殺しの怪物だったとしても、何もおかしくないのではないか？

ふと良太の脳裏に母の顔が浮かんだ。だが、その顔はどこかよそよそしく感じられ、良太は急に自分の感覚に自信が持てなくなった。

俺の知っている母さんの顔は本当の母さんの顔だったのか？

「まさか、本当に母さんが……？」

気づけば、良太はそう呟いていた。直後に、またひとつの記憶が蘇った。

「僕の家族と一緒に食事しませんか？」「彼女として」

それは先輩を家に誘ったときのシーンだった。あのとき先輩は——

「じゃあ、いずれそのうちね」


その答えを思い出した瞬間、良太はあの警戒心の強い先輩がどうして、わざわざ良太の母に会いに行き、家にまで招いたのか理解した。

あのとき、自分が先輩のことを誘ったりしたからだったのだ。

そうだ。俺が家族に紹介するようなことを言ったから、先輩はいつか来るその日のために母さんに気を遣って、それのせいで……。

ううっ、と吐き気を覚え、良太はその場に膝をついた。

町中が人殺しだらけの中で、それでも良太が正気でいられたのは先輩と、あと家族の存在があったからだ。

いくら外が危険でも家の中は大丈夫。そう思っていたからこそ良太はまともでいられたのだ。それなのに、母もその人殺しの怪物たちと同じだったなんて……。

次の瞬間、良太の頭に小林家での光景がフラッシュバックした。

事件直後のときのように、ごみ袋おばさんが良太を殺そうと目の前に現れる。だけど今回、その顔はだんだんと母の顔に変わっていき……。

気がつくと、良太はその場に吐いていた。どれだけ吐いても吐き気が止まらない。

横では健一が何か言っていた。

「大丈夫か、良太くん。しっかり」

「うう、なんで……」

何について質問したのかは自分でもわからない。ただ、徐々に目の前の景色が歪んでいき、酷い酩酊感《めいていかん》に襲われていた。

傍らでは健一が何か語りかけているようだが、さっきから何を言っているのか聞こえない。

だが、ある言葉だけはなぜか良太の耳にも届いた。

「大丈夫だ、良太くん。心配いらない。お母さんは伊藤さんを殺してなんかいない。だから気をしっかり持って」

涙と吐しゃ物にまみれながら、健一を見た。

「母さんは、殺してない……？」

すると健一は良太の背中をさすりながら大きく頷いた。

「ああ、そうだ。すまない。説得するのに夢中になって、良太くんが病み上がりだということを忘れていた。大丈夫。お母さんが犯人というのはあくまでも、あかね町が人殺しの町だったらって前提の話だ。実際は単に伊藤さんが自分の意思で、どこかに旅に出たってだけのことだよ。何も心配いらないよ」

「先輩が自分で……？」

良太がぼうっとする頭で呟くと、健一は良太の両肩を摑み、力強く「そうだ」と言った。

「だって、よく考えてごらん。そう考えたほうが、良太くんのお母さんが人を殺したなんて考えるより、よっぽど説得力があるだろ？　常識的に考えて、お母さんが伊藤さんを殺すわけがないし、世の中が人殺しだらけなんてことも、絶対にあるわけない。すべては良太くんたちの妄想だったんだよ」

「妄想……」

そう繰り返したとき、良太は何だか甘い響きを感じた。

もし本当にすべてが妄想なら、人殺しがそこら中を闊歩《かっぽ》しているようなこともなく、母も人を殺してなどおらず、先輩もどこかで楽しく生きている。それが現実ということになるのだろうか？

だとしたら、どれだけいいか。

そう心で呟いたとき、良太は自分の中で何かが大きく揺らいだのがわかった。

ふいに頭に声が響いた。

——見て見ぬふりをして生きるか。現実を直視して生きるか。あなたはどちらを選びますか？

それは「怪物の町」にあった最後の問いだった。
前はこの問いに、自分はどんな答えを出したのか。
もうよく思い出せない。
ただ、もし、もう一度選べと言うなら、いま自分が望むのは……。

エピローグ

雀の鳴き声が聞こえてくる朝、窓からの日差しに、目を覚ました。

七時三十分。予定通りの起床時間だ。良太は必要のなくなった目覚ましを解除すると洗面所で顔を洗い、台所へ向かった。朝の慌ただしい声が聞こえてくる。

「ああ、朝ごはんはいまユカリのつくってるから。良太は座って待ってて」

母に言われて席に着くと、良太は目の前で新聞を広げている姉に聞く。

「父さんはもう出掛けたの？」

「さあ？　わたしが起きたときにはもういなかったけど？」

姉が新聞から目をそらすことなく言うと、

「お父さんならもう一時間以上前に出かけたわよ。アンタたちももっと早起きしたら？」

母が話に入ってきた。良太は「ふうん」と言いながら母の様子を観察すると、次に姉のほうを見て言う。

「姉さんは朝ごはん自分で作らなくていいの？　結婚するんでしょ？」

「何言ってんの？　結婚するからこそ、いまは母さんの料理を味わってるんじゃん。ていうか、朝食を作るのは女の仕事とでも言いたいわけ？　そんなんだから落ちるのよ。この浪人生が」

いつも通りの酷い罵倒に、良太は苦笑いする。何て平和なのか。

「心配しなくても姉さんが結婚する頃には大学生になってるよ。結婚式には一流大学生の弟として出てあげるよ」

「は？　誰もアンタを結婚式に呼ぶとは言ってないけど？　何勝手に出る気になってるの？」

「ちょっと、ユカリ。意地悪言わないの。家族なんだから出るに決まってるでしょ」

母が言うと、姉は良太に向かって、舌を出した。いつも通りの朝の風景だ。良太はそのことに満足し、朝食を終えると、服を着替えて玄関へ向かった。

「それじゃあ、行ってきます」

「はい、いってらっしゃい」

リビングのほうから、母の声が聞こえてきた。その声に送り出されて良太はドアを開けて出ていく。

雲ひとつない澄み切った空の下。良太は予備校へ向かって歩き出した。

健一と話をした夜から三か月。先輩はまだ旅から戻っていない。あかね町の部屋はもちろん、実家のお婆さんのところにも戻っていないようだ。

最近、良太はお婆さんとも頻繁に連絡を取り合っている。だから知っていたのだが、そのことを特に心配はしていない。先輩はいつか必ず戻ってくる。そう確信していたからだ。

そう。先輩は生きている。それは間違いのないことだ。

それなのに、なぜ前は殺されているなどと思っていたのか？　思い返すと、自分で自分を笑ってしまいそうになる。そこら中に人殺しがいて、しかも母が先輩を殺したなんて……。

常識的に考えてそんなことあるはずがない。まったく馬鹿げた考えだった。

先輩はいつか必ず戻ってくるのだから、ただそれを待っていればいい。先輩のお婆さんと一緒に。良太はいつまでも待つつもりでいた。

それまでは、僕がお婆さんを守っていかないと、な。

ふと携帯を取り出すと、良太はお婆さんへのメールを打ち始めた。それが予備校へ向かうときの日課だった。そこへ、

「やあ、良太くん。おはよう。いまから学校かい？」

声をかけてきたのは石川だった。前に公園で会った、犬を連れたあのおじさんだ。

今日もあの日と同じように、リードで犬を連れている。

「おはようございます。いまは予備校に行くところです。志望校には落ちてしまったんで」

良太は溌剌《はつらつ》とした声で答えた。

「そうだったね。良太くんは去年いろいろあったからね。うん。大丈夫だ。良太くんは頭がいいからね。今年は絶対、受かるよ」

何を根拠にそんなことを言っているのかは知らないが、善意からの発言だ。

「ありがとうございます。とにかく全力で頑張ります」

「うん。頑張って」

石川が頷くと、横にいた犬が良太に向かって二度ほど吠えた。石川は相好を崩して犬の頭を撫でた。

「おっと、どうやら豆吉《まめきち》も応援しているみたいだね」

「それはありがたいですね。豆吉くんが応援してくれるなら、きっと今年は受かるような気が——」

しますよ、と言いかけて、良太は固まった。心臓の鼓動が強く打たれ、良太の視線はある一点に注がれた。

豆吉が首に巻くスカーフ。それはいつか良太が公園で拾った、血濡れの布きれとま

ったく同じ柄をしていた。限定品のシャツのはずなのに、どうして犬のスカーフにな
っているのか。しかも気のせいでなければ、そのスカーフには良太の拾った布きれと
同じように血痕のような薄いシミがついていて……。
まさか、殺したときの服を犬のスカーフに……？
良太は石川のほうに顔を向けた。あの公園の事件は確かに現実に起こったことだっ
たが、いまだに犯人はわかっていない。もし、あの布きれが、いまはスカーフとなっ
たシャツの一部であるとするなら犯人は……。
「何だい？　どうかしたかい？」
突然、口を利かなくなった良太に、石川は微笑みを顔に張り付けたまま聞いてきた。
すべてを見透かしているようなその視線に、良太は思わず叫び声をあげそうになった
が――
「いえ、何でもありません。ちょっと宿題が出ていたことを思い出しまして」
直前でそれをぐっと飲み込むと、良太は満面の笑みを浮かべてみせた。
「そうなのかい。それは引き留めて悪かったね。じゃあ、わたしたちはもう行くから。
良太くん、勉強、頑張ってね」
石川は良太と同じように笑みを浮かべてその場を後にした。良太も笑顔のままそれ
を見送る。

冷静に考えたら、こんな近所に小林親子以外にも人殺しの怪物がいるなんてありえない。石川が犯人のはずがなかった。きっと、あのスカーフも何か別の理由で犬のスカーフにしただけなのだ。

まったく……。こんなことでいちいちビクつくなんて。

自嘲《じちよう》気味に鼻を鳴らすと、良太は朝の光に照らされた道を、穏やかな表情で再び歩き出した。

まるで犬のスカーフなど見なかったかのように。あかね町の隣人たちのように。

本書は書き下ろしです。
この物語はフィクションです。作中に同一の名称があった場合も、
実在する人物、団体等とは一切関係ありません。

宝島社
文庫

怪物の町
（かいぶつのまち）

2023年7月20日　第1刷発行

著　者　倉井眉介
発行人　蓮見清一
発行所　株式会社 宝島社
〒102-8388　東京都千代田区一番町25番地
電話：営業 03(3234)4621／編集 03(3239)0599
https://tkj.jp
印刷・製本　中央精版印刷株式会社

Printed in Japan
ISBN 978-4-299-04439-6